泥人張大叫張明山。

泥人張

冯骥才

手艺道上的人，捏泥人的"泥人張"排第一。而且，有第一，没第二，第三差着八千里。

咸丰年间常去的地方有两处。一是东北城角的大观楼（戏院），一是北关口的饭館天庆館。坐在那儿，为了瞧各样的人，也为捏各样的人。去大观楼要看戏台上的人，去天庆館也是要看戏台上的人——这人世间的人，样儿更多。（戏台上走来走去的人）

那天下雨，他（一个人坐）在天庆館里饮酒，一边瞧着四边吃客们的模样。这当儿，打外边进来三个人。中间一位大脑袋，（穿着绸缎，）中溜个，挺着肚子，（架式挺牛，）横冲直撞往里走。坐在迎门桌子上的（搭了）

抬头老婆低头汉

冯骥才 著

河北出版传媒集团
河北教育出版社

年轮典存丛书

编者荐言

中国当代文学已走过七十多年，每一次文学浪潮的奔腾翻涌，都有彪炳文学史的作家留下优秀作品。

回首20世纪七八十年代，改革开放开启了中国当代文学持续至今的繁盛，由于几百家文学刊物的存在，中短篇小说曾是浩荡文学洪流中的浪尖。然而，以1993年“陕军东征”为分水岭，长篇小说创作成为中国文坛中独立潮头的存在，衡量一个作家的创作成就及一个时期的文学成果，往往要看长篇小说的收获。中短篇小说的创作和读者关注度减弱，似乎文学作品非鸿篇巨制不足以铭记大时代车轮驶过的隆隆巨响。

进入21世纪，特别是党的十八大以来的新时代，我们乘着光纤体验世界的光速变迁，网络文学全面崛起，读图时代、视频时代甚至元宇宙时代的更迭，令人应接不暇，文学创作无论是体裁还是题材都呈现出一种扇面散播效应，中短篇小说创作也再度呈扇面式生长，精彩纷呈。

为此，我们特编辑了这套“年轮典存丛书”，以点带面地梳理生于不同年代的当代优秀作家的中短篇小说精品，呈现不同代际作家年轮般的生长样态。

我们不无感佩地看到，生于1940年前后的文学前辈，青年时已是文坛旗手，在当下依然保持着丰沛的创作力，他们笔耕不辍，使当代文学大树的根扎得更深。

“50后”一代作家已走过一个甲子，笔力越发苍劲。他们不断返回一代人的成长现场，返回村镇故乡、市井街巷；上承“40后”的宏大命运主题，下接烟火漫卷的无边地气；既广受外国文学的影响，又保有中国古典文学的高蹈气质。

在“60后”这一中坚力量的年轮线上，我们能看到在城乡裂变、传统向现代过渡的进程中，一代人的身份确认、自我实现，以及精神成长的喜悦和焦虑。

“70后”作家因人生经验与改革开放四十年紧密相连而被称为“幸运的一代”和“夹缝中壮大的一代”，也是倍受前辈作家的成就影响而焦虑的一代。如今已与前辈并立潮头，表现不俗。

而作为“网生一代”的“80后”和“90后”，他们的写作得到更多赞誉的同时，也承受了更多挑剔和质疑。但经过岁月淘洗，我们欣喜地看到，曾经的文学小将已在文坛扎扎实实立稳脚跟，相继以立身之作进入而立和不惑之年。

六代作家七十年，接力写下人世间。宏阔进程中的21世纪中国当代文学，正在形成新的文学山峰的山脊线。短经典历久弥新，存文脉山高水长。

目　录
CONTENTS

十 三 不 靠

文人圈子，有个人既在圈内又在圈外，这人叫汪无奇。人长得周正，不流俗，平时喜欢穿一件天青色的长衫，净袜皂鞋，带点儿文人气，可他不是文人。

说他在文人圈内，只是说文人们都知道有一个造笔的人，造的笔讲究、好使，还能写写画画，居然都挺好；说他在圈外，是因为很少有文人见过他，更很少有人见过他的书画。说白了，他只是有些飘飘忽忽的小名声在文人圈内偶尔传一传而已。

他爹原在安徽徽州造笔。徽州笔好，那时，天津的笔庄笔店都从南边进货，他却看好天津这个四通八达的码头，举家搬到天津，就地造笔，开店卖笔，店名起得好，叫作“一枝春”。地点在针市街，临街四五间屋，后边一个小院，前店后厂，吃饱干活儿，日子过得不错。汪无奇自小跟着爹学手艺，长大随着爹干活儿。他天生好书画，人有悟性，无师自通。但他不在文人圈里，是好是坏，谁也不知，说好说坏，他也不在意。他有个性，自己随爹造笔卖笔，活得开心，并不求在书画上出人头地。他父亲过世之后，照旧这样干活儿养家，书画自娱。他挺喜欢这么活着，轻松又自我。

汪无奇造的笔是徽州笔，羊毫、狼毫、兼毫三种。自己写字作画用的却是自制的鸡毫笔。鸡毛是从家里养的公鸡屁股上拔下来的。他画画儿走石涛、八大山人一路，写字偏爱南北朝的游僧安道一的隶书。人不受拘束，画儿也随心所欲。

可是他没想到，外边虽然没几个人见过他的字和画，却不少人说他的字和画好，渐渐竟还有奇才怪才鬼才之说。他偶然听到了，一笑而已，只当人家拿他打趣。

可是他不明白，那些人念叨他干吗？自己不过一个造笔的，画好画坏跟谁也没关系，他也不想跟谁有关系。写写画画，只是为了自己一乐，只要自己高兴就得了。

一天，锅店街上的于三找他。于三迷字画儿，喜欢用“一枝春”的笔。这人在书画圈里到处乱串，三教九流全认得。今儿他一来就嚷着说，城里一位书画圈里的大名人盛登云要见见他。还说：

“人家的画不卖银子，只卖金子。想得到他的画今年交了钱还不行，后年才能取到画。可人家点名要见你，叫我领你去。”

汪无奇很好奇，他说：

“我卖笔，又不卖画，见他干吗？”

“不是你要见人家，是人家要见你，才叫我来找你，见见面总是好事，说不定人家是看上你家的笔呢。”

汪无奇没见过大名人，怕见大名人。一听说人家可能看上“一枝春”的笔，便随着于三去了。他走进盛登云的大门就蒙了。这房子、门楼、客厅、排场、摆饰，还有盛登云那股子牛劲，叫他发怵，只想走掉。他发现盛登云眼珠是白的，这人怎么没黑眼珠，好像城隍庙鬼会的白无常。后来盛登云瞥他一眼，才见这人有黑眼珠，不过眼睛一直朝上，不屑看他而已。既然瞧不上他，为嘛还要请他来？

而且，盛登云没有请他坐，自己却坐在那里，旁若无人，一个劲儿夸赞自己。他还没见过人这么夸赞自己的。盛登云说秦祖永《桐阴论画》中把画分作“逸、神、妙、能”四品，他说自己早在十年前就把“逸”字踩在脚底下了。于三好奇，问他：

“那么您是哪一品呢？”

“自然是极品了！”盛登云说完，仰面大笑，直露出了嗓子眼儿。

汪无奇不再听他说，而是侧目去看他挂在墙上的他的画。

不看则已，一看差点儿笑出声来。心想：这样的屁画也算名家？于是他不想在这里受罪，告辞出来。

走出盛家，汪无奇问于三："这位姓盛的在咱天津排第几位？"

"自然是头一号，至少也是头一流。我能拉你去见二三流吗？你说你还想见谁，我都能带你去见。马家桐？张和庵？赵芷僊？见谁都行，我都认得。但你见他们时，可不能提这位盛先生，他们之间谁也瞧不起谁，互相骂。"于三说。

"行了行了，我谁也甭见了，还是关上门自己玩儿吧。我不费这劲。"汪无奇说。

汪无奇以为关上门，就与世隔绝了。其实不然，他卖笔，就离不开写字画画儿的人。再说，他还有几个爱好书画的熟人，虽然都没什么名气，画也没人要，却使劲往这里边扎。这几个人都佩服他，说他有才，恨不得他出名，于是到处夸他。这样，书画圈里就把他愈说愈神。人们只是嘴上说，并没有看到过他的画。看不到也好，没法挑刺儿，要说只能说好。

如是这样，倒也相安无事。

可是一天，一个老爷坐着轿子上门来找他。这人穿戴讲究、气宇不凡，身后跟着两个青衣仆从，进门就要看字看画。汪无奇见这人身带官气，他更怵当官的，不敢靠前也不想靠前，便说自己是造笔的，没念过书，哪里会画画儿。说话时，脑筋一转，又说：“我想您可能找错人了。听说城里边有一个与我同名的人，能写善画，来买过笔。听说他也叫汪无奇，是汪无奇还是王无奇，我就不清楚了。人家是名人，不会与我多说话。”

这位老爷听了，沉着脸转身走了。

这事叫于三知道了，埋怨他说：“你干吗不拿出画来给他看？天津能写能画的人多了，凭嘛找上你家，就是耳闻你大名了。天津八大家，有一家瞧上你，你就不白活这一辈子了。”

谁想汪无奇听了，笑了笑，并不当事。

事后，市面上就有流言出来，尤其在文人圈子里传得厉害。这传言听起来吓人，说那天去拜访汪无奇的是知县大人刘孟扬。刘孟扬是有学问和好书画的人，字写得好。可是汪无奇没拿画给他看，叫知县大人碰了一鼻子灰！

传这段话的人，嘛心思都有。有的说他是一位奇人，性情狷介古怪，连知县大人跑来微服私访也不买账；有的说他不过一个小手艺人，没见过世面，狗屁不懂，硬把津门父母官得罪了，祸到临头了；有的则猜不透汪无奇到底是傻，是痴，是愚，还是真怪。有钱不赚，有官不靠，摸不透他到底哪一号人。

这事过后，文人圈子开始真的把他当回事了。

有一个小文人叫孟解元，喜欢徽笔，常来“一枝春”。半年后的一个晚上，孟解元领着一位中年人来串门。汪无奇不喜欢和生人交往，因与孟解元熟识，不好谢绝，让进屋来。这位来客是位中年人，说话京腔，文雅和善，不叫人讨厌。孟解元说，这位来客是京城人，会画画儿，尤精泼墨山水。这人今天在孟解元家画了一下午，孟解元忽想起应该请他到这儿来，给汪无奇画一幅，他想叫汪无奇见识一下京城的画艺。孟解元说：

“反正他是京城人，天津这边只认得我，再没熟人。明天一早人家就回去了。”

这句话叫汪无奇放下了素常的戒心，领他们去到后院的书斋，铺纸研墨。京都来客一挽袖子，抓一支羊毫大笔，连水带墨挥上去，很快就浓浓淡淡，山重水复，满纸云烟。画得虽不算好，却勾起汪无奇的画兴。画画儿的人来了画兴，刀枪拦不住。

他待来客画完，把画撤去，为自己铺上一张白宣。他用自造的鸡毫笔来画。鸡毛特别，有细有粗，有软有硬，毛上有油，水墨一抹，异趣横生，处处都有意外，时时闪出灵光。京城来客惊呼：

“好一片墨荷，真乃当世的石涛八大！我头一次见用鸡毛扎笔作画，胜过凤羽啊！”

从没人见过汪无奇作画，孟解元也是头一次看，又惊奇又兴奋，连连叫好，像是看戏，汪无奇被鼓动得画兴只增不减，浑身发热，脑袋冒汗。他脱掉长衫，一身单裤单褂，信手又画了一幅风竹。京城来客就势说："用这鸡毫写字如何？怕不如画画儿好使吧。"汪无奇听了，二话没说，又铺一张纸，换一支两尺多长的粗杆鸡毫大笔蘸了浓墨，写了八个大字："风生水起，逸兴真情。"

京城来客说：

"这几个字——尤其这个'真'字，放在今天这儿再好没有了！"

汪无奇听了高兴至极，以为遇到知己。谁知这时京城来客忽从怀中摸出一包死重的东西，递给汪无奇。汪无奇不知是嘛意思，京城来客解释说：

"这是三根金条，我买下您这两幅画儿一幅字了。您给我盖上印章吧。"

汪无奇更觉奇怪，心想：你没问我卖不卖，怎么就叫我盖图章？他说：

"我是卖笔的，从来不卖字画。再说，你干吗给我这么多钱？"

京城来客说："您的字画明天会更值钱！老实跟您说，我是在京城琉璃厂开画店的，久闻大名，特意来拜访。今儿看到您作画，比听的更厉害。我来帮您卖画吧！您要信得过我，咱们六四分成，您六我四。但是有言在先，咱们成交之后，您的画和字只能叫我卖，一幅不能再给旁人，送人字画也得叫我点头才行。我知道您不和天津这里的人交往，我们和这里的人也没来往。等您的画价在京城卖起来，我保您在天津称王！”京城来客说到这里，满脸堆笑，再没有刚才那种文雅的劲儿了。

孟解元在一旁说：“等您功成名就，我给您研墨！”

谁料汪无奇听了，立时变了一个人。他非但没接过金条，反而像被人羞辱似的，一脸怒气。他扭身把自己刚刚画的画、写的字抓起来，唰唰撕成碎片，又将京城来客那幅泼墨山水塞给孟解元，不再说话，送客出门。那两人出去之后走了半天，仍然一脸惊愕与不解。

从此，汪无奇再不与任何人交往。于三来过两趟，都叫他撅走。孟解元更是不敢再露一面，但人人不明白，天津卫是个赚钱的地方，为嘛有钱不赚？卖笔不也是为了赚钱，可那是赚小钱。这不是推走财神爷，扭身去讨饭吗？

孟解元把他经过的这怪事到处去说，无人能解。有人骂汪无奇傻蛋，有人骂他天生穷命，到头穷死。

汪无奇的街坊却说，他一如往常，忙时造笔卖笔，闲时耍耍笔墨。个人的快乐，只有自己明白。一次，汪无奇的老婆在邻家打牌，他去找老婆。人问他会不会打牌。他说：“小时候会打，但只打一种牌——十三不靠。一四七、二五八、三六九，还有东西南北中发白，哪张也不靠着哪张，他只会这一种，也只喜欢这一种，别的都不会。”他还说：“这种牌难打，不靠旁人，全要自摸，这才好玩儿！”说到这里，他眼睛一亮，似有所得，回家便用鸡毫笔写了“十三不靠”的横幅，挂在书斋迎面墙上，成了他的斋号。

曾有人问他的“不靠”是哪十三个，他指指横幅左边，有一行用指甲大小的字写的边款：

吾所不靠乃权贵名人大户混混家产亲戚朋友女人小恩小惠坑人骗人送字送画卖字卖画以及拼命是也

对于他，最要紧还是最后三样。不靠“送字送画”，是不拿自己之所爱换取好处；不靠“卖字卖画”，是不败坏自己的雅兴；不靠“拼命”，就是劳逸有度，知足常乐。

这人活到1923年才死掉，死前七天，似乎已知自己大限将至，便把书斋中所有字画，还有他用了一辈子的鸡毫笔一把火烧掉。

抬头老婆低头汉

一

这世上的事说复杂就复杂，说简单就简单。要说复杂，有一堆现成的词儿摆在这儿，比方千形万态、千奇百怪、千头万绪、千变万化，等等等等，它们还互不相干地混成一团，复不复杂？要说简单——那得听咱老祖宗的。咱老祖宗真够能耐，总共不过拿出两字，就把世上的事掰扯得清清楚楚、明明白白。这两字是：阴阳。

老祖宗说，日为阳，月为阴；天为阳，地为阴；火为阳，水为阴；男为阳，女为阴。对不对？大白天，日头使足力气晒着，热热乎乎，阳气十足，正好撸起袖子干活儿；深夜里，月光没什么劲儿，又凉又冷，阴气袭人，只能盖上被子睡觉。日，自然是阳；月，自然是阴。至于天与地、火与水、男与女，更是阴阳分明，各有各的特性。何谓特性？阳者刚，阴者柔。然而单是阳，太刚太硬不行；单是阴，太柔太弱也不行。阴阳就得搭配一起，还要各尽其能，各司其职。比方男女结为夫妻，向例都是男主外，女主内；男人养家，女人持家；男人搬重，女人弄轻……每每有陌生人敲门，一准儿是男人起身迎上去开门问话，哪有把老婆推在前头的？男人的天职就是保护女人，不能反过来。无论古今中外全是这样。这叫作天经地义。

可是，世上的事也有格路的、另类的，阴阳颠倒的、女为阳男为阴的，北方人对这种夫妻有个十分形象的俗称，叫作“抬头老婆低头汉”。

二

这对夫妻家住在平安街 8 号一楼那里外间房。两人同岁，都是四十五。

先说抬头老婆，姓于，在街办的一家袜子厂当办公室主任。但从来没人叫她于主任，不论袜子厂上上下下还是家门口的邻居，都喊她于姐。这么叫惯了，叫久了，连管界的户籍警也说不出她的名字来。

于姐精明强干。鼓鼓一对球眼，像总开着的一对小灯亮闪闪。她身上的一切都和这精明外露的眼睛相配。四十开外的人，没一根白发，满头又黑又亮齐刷刷。嘴唇薄，话说得干脆利索；手瘦硬，干活儿正得用；两条直腿走路快，骑车也快，上下车骗腿时动作像个骑兵。别小看了这个连初中也没毕业的女人家，论干活儿她才是袜子厂的一把手。凭着她勤快能干，办法多，又不惜力气，硬叫这小厂子一百来号人有吃有喝有钱看病一直挨到今天。

再说低头汉，姓龚。他可不如他老婆，不单名字——连他的姓也没人知道。所有熟人，包括他老婆都叫他“老闷儿”。

他人闷，模样也闷，好像在罐里盒里箱子里捂久了，抽抽巴巴，乌里乌涂。黑脸的人本来就让人看不清楚，一双小眼再藏在反光的镜片后边，很难看出他的心思。他从不张嘴大笑，不知他的嘴是大是小。虽然没听说他有什么病，但身子软绵绵，站直了也是歪的。多少年来，他一直像个小学生那样斜挎着一个长背带的黑色的人造革公文包上下班。他在大沽路那边的百货公司做会计。有人说他这样挎包是因为包里边装的全是账本，提在手里不保险，会丢，会被抢，套在身上才牢靠。他走路很慢，不会骑车，每天走路要用很多时间，他为什么不学骑车呢？不爱说话的人的道理是无法知道的。

他的脚步极轻，没有声音。这脚步就像他本人，从不打扰别人，碰上街坊最多抿嘴一笑，不像他老婆，兴冲冲的步伐像咚咚敲鼓。他老婆喜欢和人搭讪，喜欢主动说话，不在乎对方是不是生人，也不在乎别人什么想法，求人帮忙时也一样，就像工厂派活儿时，一下子就交到人家手里。可是老闷儿不行，逢到必须开口求人帮忙时，嘴上就像贴了胶带。于是家里所有要和外边打交道的事就全落在老婆身上。

老婆在门外边，他在门后边；老婆与人谈判，他站在一边旁观，也决不插嘴。可户主是他老闷儿呀。

其实不只是家外边的事，家里边的事也都摊在老婆身上。

老婆急性子，老闷儿慢性子，性急的人遇事主动抢着干；老婆能干，他不会干，能干的人遇事不放心交给别人干。这就是世上的事总是往急性子和能干的人身上跑的缘故。

久而久之，这个家庭形成的分工别有风趣。老婆做饭，老闷儿洗碗；老婆登高爬梯换灯泡、换保险丝，老闷儿扶梯子；老婆搬蜂窝煤，老闷儿扫煤渣，老婆还总嫌他扫不干净，一把将扫帚夺过去重扫。这个家里给老闷儿只留下一件正事，就是给不识数的儿子补习数学。所以，老婆常常会对人说，我在家是两个人的“妈”。在这个老婆万能的家庭里，老闷儿常常找不到自己的位置。从属者的位置是可悲的。这是不是老闷儿总那么闷闷不乐的根由？

于是平安街上的人家，常常可以看到这对抬头老婆低头汉儿近滑稽的形象——于姐习惯地扬着脸儿、挺着胸脯走在前边。一个在家里威风惯了的女子会不知不觉地男性化。她闪闪发光的眼睛左顾右盼，与熟人热情、大声地打招呼。老闷儿则像一个灰色的影子不声不响紧紧跟在后边。老婆不时回过头来叫一声："你怎么也不帮我提提这篮子，多重！"

这一瞬，老闷儿恨不得有个地沟眼儿没盖盖儿，自己一下掉进去。

改变这种局面是一天夜里。老婆突然大喊大叫把老闷儿惊醒。老闷儿使劲睁开睡眼才明白，一只大蝙蝠钻进屋来，受惊蝙蝠找不到逃路便在屋里像轰炸机那样呼呼乱飞，飞不好就会撞在头上。

老婆胆子虽大，但她怕一切活物。从狗、猫、老鼠到壁虎、蟑螂、屎壳郎全怕。更怕这种吱吱尖叫、乱飞乱撞的蝙蝠。儿子叫道："老师说，叫蝙蝠咬着就得狂犬病！"吓得老婆用被子蒙头，一手拉着儿子，光脚跳下床，拉开门夺路跑到外屋。动作慢半拍的老闷儿跟在后边也要逃出去，被老婆使劲一推，随手把门拉上，将老闷儿关在里边。只听老婆在外屋叫着："该死，你一个大男人也怕蝙蝠，不打死它你别出来！"

老闷儿正趴在地上打哆嗦，老婆的话像根针戳在他的脊梁骨上。他忽然浑身发热，脸颊发烧，扭身抓过立在门后的长杆扫帚，一声喊打，便大战起蝙蝠来。他一边挥舞扫帚，一边呀呀呀地喊着。这叫喊其实是一种恐惧，也为了驱赶心中的恐惧。

然而，于姐在门外看呆了。她隔着门上的花玻璃看见丈夫抡动扫帚的身影，动作虽然有些僵硬，但从未如此英勇。伴随着丈夫的英姿，那一闪一闪的东西就是发狂的蝙蝠的影子。只听几声哗哗啦啦瓷器碎裂的声音，跟着像是什么重东西摔在地上，随即没了声音。于姐怕老闷儿出什么事，正疑惑着，突然屋里爆发出一阵大叫："我打死它啦，我胜啦，我胜啦！"

老婆和儿子推门进去，只见满地的碎壶、碎碗、糖块、闲书、碎玻璃，老闷儿趴在中间，手里的扫帚杆直捅墙根。一只可怕的黑乎乎的非鼠非鸟的家伙被扫帚杆死死顶住，直顶得蝙蝠的肚肠带着鲜血从长满尖牙的嘴里冒出来。

老婆说："老闷儿，你还真把它弄死了。"伸手把他拉起来。

儿子兴奋极了，说："我爸真棒，我爸是巨无霸！"

老闷儿一身是土，满头是汗，眼镜不知掉在哪儿了，颤抖的手还在紧握着扫帚杆。过度的紧张和兴奋，使他的表情十分怪异。他对老婆说：

“我行……”

然后，直盯着老婆，似是等待她的裁决。

老婆第一次听到他用“我行”这两个字表白自己，心里一酸，流下泪来，对他哽咽地说：

“是，是，你行，真的行！”

三

进入21世纪的第一个月，老闷儿流年不利，下岗了。一辈子头一遭没事干，或者说干了一辈子的事忽然没了，人也就空了。

这并不奇怪。公司亏损，无力强撑，便卖给私企老板，老板精兵减员，选人择优汰劣，这都是在理的。但老板只讲效益，不讲人情，人裁得极狠，下去一半，老闷儿自然在这一刀切下的一堆一块里边。

老闷儿和他老婆慌了神，着实忙了一阵，托人找事，看报找事，到人才中心找事，在大街上贴条找事。用会计的单位倒是有，但那种像模像样的企业一见老闷儿就微笑着说拜拜。小店小铺小买卖倒也用人，可就是另一层天地另一番人间景象了。经老婆的袜子厂一位同事介绍，有三家店铺都想用人，铺子不大，财务上的事都不多，想合用一个会计，月薪不算低。说要老闷儿和他们“会会”。老婆怕老闷儿不会说话，好事弄坏，便和他同去。这两口子一前一后走进人家的店铺，很像家长领着一个老实的孩子来串门。

待和这三家的小老板一一见过谈过，才知道在这种店铺里，会计这行当原来只是一台造假机器。前两家的小老板说得直截了当，不管他用偷税漏税加大成本，还是开花账、造假账等等什么花活儿，只要保证账面上月月“收支平衡”就行。小老板对老闷儿龇着黄牙笑道：

“您是见过世面的老手，这种事对于您还不是小菜一碟？”

这话叫老闷儿冒一头冷汗。

第三家是一家国营的贸易公司下边的实体。老板的左眼是个斜眼，眼神挺怪，话却说得更明白：“我们这买卖就是为领导服务。领导的招待费礼品费出国费全要糅到账里。”他用食指戳戳账本：“你的工作是在这里边挖口井。”

老板的话是对老闷儿说的，眼睛却像瞅着于姐。老闷儿听不懂他的意思，没等他问，于姐便问：

“什么井？您说白了吧。”

老板一笑，目光一扫他们俩，一时弄不清他的眼睛对着谁，只听他说：

“你们怎么连这话也听不懂？小金库嘛！井里不管怎么淘，总得有水呀！”

这话叫于姐也冒出冷汗。走出门来，于姐对老闷儿说：“咱要干这个，等于把自己往牢里送！”

打这天起，于姐不再忙着给老闷儿找事，老闷儿便赋闲在家了。

在旁人眼里，老闷儿坐着吃，享清福。整天没事，有人管饭，多美！但世上的美事浮在表面，谁都能看见；人间的苦楚全藏在心里，唯有自知。为了表示自己的存在价值，老闷儿把接送儿子上下学、采买东西、洗碗烧饭、收拾屋子全揽在自己身上。一天两次用湿布把桌椅板凳擦得锃亮。

可是老婆并不满意他做的事，干惯了活儿的人的手闲不住，随手会把不干净不舒服的地方再收拾收拾。这在老闷儿看来，都是对他价值的否定。

老闷儿便悄悄地通过他有限的熟人，为他介绍工作。邻居万大哥也是下岗人员，靠卖五香花生仁度日。五香花生仁是他自己炒的，又脆又酥又香，卖得相当不错，有时还能挣到些烟钱酒钱零花钱。

万大哥对他说：“哪有老爷们儿吃老娘儿们的，这不坐等着别人说闲话？跟我卖花生去！喂不饱自己的肚子，起码也能堵住别人的嘴。”

老闷儿跟着万大哥来到不远的大超市那条街上，按照万大哥的安排，两人一个在街东口，一个在街西口。可是老闷儿总怕碰见熟人，不敢抬头，抬起头又吆喝不出口。不像卖东西，倒像站在街头等人的。直等到天色偏暗，万大哥笑嘻嘻叼根烟，手里甩着个空口袋过来了。老闷儿这口袋的花生仁却一粒不少。

就这一次，万大哥决定把自己的义气劲儿收回了。

一天，老闷儿上街买菜。一个黄毛小子叫他，说一会儿话才知道是七八年前到他们百货公司会计科实习过的学生，只记得姓贾，名字忘了。小贾听说老闷儿下岗陷入困境，很表同情，毅然要为老闷儿排忧解难。他说，卖东西最来钱的是卖盗版光盘。卖光盘这事略有风险，但对老闷儿最合适，不但无须吆喝也根本不能吆喝，一吆喝不就等于招呼“扫黄打非”那帮人来抓自己吗？只要悄悄往商店门口台阶上一坐，拿三五张光盘放在脚边，就有人买，卖一张赚两块。其余光盘揣在书包里，背在身上。万一看到有人来查光盘，拾起地上的那几张就走，如果查光盘的人来得太急，拔腿便跑，地上的光盘不要了，几张光盘也不值几个钱。

不等老闷儿犹豫，小贾就领着老闷儿到不远一家商店门口，亲眼看见一个人半小时就卖掉五六张光盘。十多元钱的票子已经装进口袋。

身在绝境中的老闷儿决心冒险一搏。晚上就向老婆伸手借钱。家里的钱从来都在老婆的手里攥着。老婆听说他要干这种事，差点儿笑出声来。可是老闷儿今儿一反常态，老婆反对他坚持，老婆吓他他不怕，看上去又有点儿当年大战蝙蝠的气概。老婆带着一点儿风险意识，给了他三百块本钱。转天一早老闷儿就在菜市场等来小贾。小贾答应帮他去进货，还帮他挑货选货。他把钱掏出来，留下一百，其余二百交给小贾。一个小时后，小贾就提来满满一塑料兜花花绿绿的光盘，对他说：

“您运气真够壮，正赶上一批最新的美国大片，还有希区柯克的悬念片呢！都是刚到的货。保您半天全出手！”

老闷儿把光盘悉数塞满那个当年装账本的黑公文包，斜挎肩上。自个儿跑到就近的一家商店门口坐在台阶上，伸手从包里掏出五张光盘，亮闪闪放在脚前边。没等他把光盘摆好，几只又黑又硬的大皮鞋出现在视线里。查光盘的把他抓个正着。他想解释，想争辩，想求饶，却全说不出口来。人家已经把他所有光盘连同公文包全部没收，只说了一句：“看样子你还不是老手。你说吧，是认罚，还是跟我们走。”说话这声音，在老闷儿听来像老虎叫。

他的腿直打哆嗦，走也走不动了，只好把身上剩下的一百块钱掏出来。人家接过罚款，把他训斥一番，警告他“下不为例”，便放了他。他竟然没找人家要罚单，剩下的只有两手空空和一个吓破了的胆。

当晚，老婆气得大脸盘涨得像个红气球，半天说不出话来。待了一会儿，她眼皮忽然一动，目光闪闪地问道：

“没罚单怎么知道他们是扫黄打非的？他们穿制服了

吗？别是冒牌的吧？”

老闷儿怔着发傻。他当时头昏脑涨，根本没注意人家穿什么，只记得那几只又黑又硬的大皮鞋。

老婆突然大叫：“我明白了。这两个人和你那个小贾是一伙儿的。他们拴好套，你钻进去了。老闷儿呀……”这回老婆气得没喊没骂，反倒咯咯笑起来，而且笑得停不住也忍不住。

老闷儿像挨了一棒。这一棒很厉害，把他彻底打垮。

世上有些事，不如不明白好。

四

小半年后的一天晚饭后，于姐的弟弟于老二引一个胖子到他们家来。

胖子姓曹，人挺白，谢顶，凸起的秃脑壳油光锃亮，像浇了一勺油。这人过去和于老二同事，在单位伙房的灶上掌勺，手艺不错，能把大锅菜做出小灶小炒的味儿来。近来厂子挺不住，刚刚下岗。于老二想到姐夫老闷儿在家闲着，而姐夫家在不远的洋货街上还空着一间小破屋，不如介绍他们合伙儿干个露天的“马路餐馆”，屋里砌个灶做饭，屋外摆几套桌椅板凳，下雨时扯块苫布，就是个舒舒服服的小饭摊了。于老二还说，洋货街上的人多，买东西卖东西的人累了饿了，谁不想吃顿便宜又好吃的东西？

“你给人家吃什么？”于姐问曹胖子。

曹胖子满脸满身都是肉，肚子像扣个小盆，一看就是常在灶上偷吃吃出来的。他神秘兮兮地说出三个讨人喜欢的字来：

“欢喜锅。”

“从来没听过这菜名。”于姐说，脸上露出颇感兴趣的样子。

于老二插话说：“听说过去南方有个地方乞丐挺多，讨来的饭菜都是人家剩的，没有吃头儿，只能填肚子。可这帮乞丐里有个能人，出一个主意，叫众乞丐把讨来的饭菜倒在一个锅里煮。别看这些东西烂糟糟，可有鱼尾有虾头有肉皮有鸡翅膀有鸭脖子，一煮奇香，好吃还解馋，从此众乞丐迷上这菜食，还给它起个好听的名字，叫‘欢喜锅’。”

“瞎说八道！我听怎么有点儿像‘佛跳墙’呢，是你编出来的吧。”于姐笑道。

曹胖子接过话说：“还不都是种说法。那‘李鸿章杂碎’呢，不也是把各种荤的、腥的、鲜的全放在一锅里烩？要紧的是得把里边特别的味道煮出来。”

“这些东西放在一块儿煮说不定挺香的，就像什锦火锅。再说鸡脖子鱼头猪肉皮都是下脚料，不用多少钱，成本很低。”于姐说。

“您算说对了！”曹胖子说，“其实这锅子就是‘穷人美’，专给干活儿的人解馋的，连汤带菜热乎乎一锅，再来两个缸炉烧饼，准能吃饱。”

“怎么卖法？”于姐往下问。

“我先用大锅煮，再放在小砂锅里炖。灶台上掏一排排火眼，每个火眼放上一个砂锅，使小火慢慢炖，时候愈长，东西愈烂，味儿愈浓。客人一落座，立马能端上来，等也不用等。一人吃的是小号砂锅，八块；两人吃，中号，十二块；三人吃，大号，十五块。添汤不要钱，烧饼单算。”曹胖子说。看来他胸有成竹。

这话把于姐说得心花怒放。凭她的眼光，看得出这“欢喜锅”有市场，有干头。合伙儿的事当即就拍板了。往细处合计，也都是你说我点头，我说你点头。于姐和曹胖子全是痛快人，不费多时就谈成了。小饭店定位为露天的马路餐馆。单卖一样“欢喜锅”，一天只是晚上一顿，打下午六点至夜里十一点。两家入伙儿的原则是各尽所有、各尽所能。老闷儿家出房子和桌椅板凳，曹胖子手里有成套的灶上的家伙。两家各拿出现金五千，置办必不可少的各类杂物。人力方面，各出一人——老闷儿和曹胖子。曹胖子负责灶上的事，老闷儿担当端菜送饭，收款记账。谈到这里，老闷儿面露难色，于老二一眼瞧见了。他知道，姐夫是会计，不怵记账，肯定是怕那些生头生脸的客人不好对付。因说：

“姐夫，反正你们这马路餐馆只是晚上一顿，晚上只要我没事就来帮你忙乎。”

于姐斜睨了老闷儿一眼，心里恨丈夫尿、怕事，但还是把事接过来说道：“我晚上把儿子安顿好也过来。”

老闷儿马上释然地笑了。老婆在身边，天下自安然。

曹胖子却将这一幕记在心里。这时，于姐提出一个具体的分工，把餐厅买菜的事也交给老闷儿。曹胖子一怔。不想老闷儿马上答应下来：“买菜的事，我行。”

老闷儿因为刚刚看出老婆不高兴，是想表现一下，却不知于姐另有防人之心。曹胖子老经世道，心里明明白白。他懂得，眼前的事该怎么办，今后的事该怎么办，因说道：“那好，我只管一心把‘欢喜锅’做成——人人的喜欢锅！”说完哈哈大笑，浑身的肉都像肉球那样上下乱窜。

在分红上，于姐的表态爽快又大方，主动说十天一分红，一家一半。这种分法，曹胖子原本连想都不敢想，连房子带家具都是人家的呢！可是曹胖子反应很快，赶紧说了一句：“我这不是占便宜了吗？”便把于姐这分法凿实了。随后，他们给这将要问世的小饭铺起了一个好听好记又吉利的名字：欢喜餐厅。

于姐这人真是给点儿阳光就灿烂，给个舞台就光彩，而且说干就干！打第二天，一边到银行取钱和凑钱，一边找人刷浆、收拾屋子，办工商税务证，打点洋货街的执法人员，购置盘灶用的红砖、白灰、沙子、炉条、煤铲、烟囱，还有灯泡、电门、蜡烛、面缸、菜筐、砂锅、竹筷子、油盐酱醋、记账本、手巾、苍蝇拍、水桶、水壶、暖壶、冲水用的胶皮管子、扫马路的竹扫帚和插销、门锁，等等。但是，能将就的、家里有的、可买可不买的，于姐一律不买。桌椅板凳都是袜子厂扩建职工食堂时替换下来的，一直堆在仓库里，她打个借条从厂里借出七八套，连厨房切菜用的条案也弄来一张，并亲手把这些东西用推车从厂里推到洋货街。她干这些活儿时，老闷儿跟在后边，多半时候插不上手，跟着来，跟着去，像个监工的。

于姐还请厂里的那位好书法的副厂长，给她写个牌匾，又花钱请人使油漆描到一块横板子上，待挂起来，有人说字写错了，餐厅的“厅”上边多写了一点，成了“庁”字。这怎么办？曹胖子不认字，他摆摆肉蛋似的手说，多一点总比少一点强，凑合吧。偏有个退休的小学教师很较真，他说繁体的“廳”字上边倒有个点，简体的“厅”字绝没点。怎么办？于姐忽然灵机一动，拿起油漆刷子踩凳子上去。挥腕一抹，将上边多出来那一点抹到下边的一横里边。虽说改过的这一横变得太粗太愣，但错字改过来了，围看的人都叫好。老闷儿也很高兴，不觉说：

“她还真行。”

站在一旁的曹胖子说：

“你要有你老婆的一半就行了。”

老闷儿不知怎样应对。于姐听到这话，狠狠瞪曹胖子一眼。对于老闷儿，她不高兴时自己怎么说甚至怎么骂都行，可别人说老闷儿半个不字她都不干。这一眼瞪过去之后，还有一种隐隐的担忧在她心里滋生出来。这时，一阵噼里啪啦的声音打断她的思索。两挂庆祝买卖开张的小鞭冒着烟儿起劲地响起来。洋货街不少小贩都来站脚助威，以示祝贺。

不出所料，“欢喜锅”一炮打响。

人嘴才是最好的媒体。十天过去，“欢喜锅”的名字已经响遍洋货街，跟着又蹿出洋货街，像风一样刮向远近各处。天天都有人来寻“欢喜锅”，一头钻进这勾人馋虫的又浓又鲜的香味儿中。自然，也有些小饭铺的老板厨师扮作食客来偷艺，但曹胖子锅子里边这股极特别的味道，谁也琢磨不透。

老闷儿头一次掉进这么大的阵势里，各种脾气各种心眼儿各种神头鬼脸，好比他十多年前“五一”节单位组织逛北京香山时，在碧云寺见到的五百罗汉。他平时甭说脑袋，连眼皮都很少抬着，现在怎么能照看这么多来来往往的人？两眼全花了，心一急就情不自禁地喊：

“老曹。”

曹胖子忙得前胸后背满是汗珠，光着膀子，大背心像水里捞出来似的湿淋淋贴在身上。灶上一大片砂锅中冒出来的热气，把他熏得两眼都睁不开。这当儿，再听老闷儿一声声叫他，又急又气回应一嗓子：

“老子在锅里煮呢，要叫就叫你老婆去吧。”

外边吃饭的人全乐了。

人和人之间，强与弱之间，都是在相互的进退中寻找自己的尺度。本来曹胖子对他还是客客气气的，可是冒冒失失噎了他一句，他不回嘴，就招来了一句更不客气的。渐渐地，说闲话时拿他找乐，干活儿别手时拿他撒气，特别是曹胖子一个心眼儿想把买菜的权利拿过去，老闷儿偏偏不给——他并不是为了防备曹胖子，而是多年干会计的规矩。曹胖子就暗暗恨上了他。开始时，拿话戗他、损他、顶撞他，然后是指桑骂槐说粗话。曹胖子也奇怪，这个窝囊废怎么连底线也没有。这便一天天得寸进尺，直到面对面骂他，以至想骂就骂，骂到起劲时摔摔打打，并对老闷儿推推搡搡起来。老闷儿依旧一声不吭，最多是伸着两条无力的瘦胳膊挡着曹胖子的来势汹汹的肉手，一边说：“唉唉，别，别这样。”他懦弱，他胆怯，不敢也不会对骂对打，当然也是怕闹起来，老婆知道了，火了，砸了刚干起来的买卖。

每次曹胖子对老闷儿闹大了，都担心老闷儿回去向于姐告状。可是转天于姐来了，见面和他热情地打招呼，有说有笑，什么事没有，看来老闷儿回去任嘛没说。这就促使曹胖子的胆子愈来愈大，误以为这两口子不一码事呢。

洋货街上的人都是人精，不干自己的事躲在一边，没人把老闷儿受欺侮告诉于姐，相反倒是疑惑于姐有心于这个做一手好饭菜并且一直打着光棍的胖厨子。有了疑心就一定留心察看，连她对曹胖子的笑容和打招呼的手势也品来品去。终于一天看出眉目来了。这天收摊后，歇了工的老闷儿夫妇和曹胖子坐在一起，也弄了一个欢喜锅吃。不止一人看到于姐不坐在老闷儿一边，反倒坐在曹胖子一边。吃吃喝喝说说笑笑之间，曹胖子竟把一条滚圆的胳膊搭在于姐的椅背上，远看就像搂着老闷儿的老婆一样。可老闷儿叫人当面扣上绿帽子也不冒火，还在一边闷头吃。

人们暗地里嘻嘻哈哈议论开了。一个说，看样子不是曹胖子欺侮他，是他老婆也拿他不当人。

另一个说，八成是这小子不行。干那活儿的时候，这小子一准儿在下边。

前一个说，等着瞧好戏吧，不定哪天收了摊，这女人把他支回家，厨房的门就该在里边销上了。

后一个说，那“欢喜锅”不变成了“欢喜佛”？

打这天，人们私下便把“欢喜锅”叫成“欢喜佛”，而且一说就乐，再说还乐，越说越乐。

可是世上的事多半非人所料。一天收摊后，老闷儿动手收拾桌椅板凳，曹胖子站在一边喝酒，他嫌老闷儿慢，发起火来。老闷儿愈不出声他的火反而愈大，到后来竟然带着酒劲儿给老闷儿迎面一拳。老闷儿不经打，像个破筐飞出去，摔在桌子上，桌面一斜，反放在上边的几个板凳，劈头盖脸全砸在老闷儿身上。立时头上的血往下流。曹胖子醉醺醺的，并不当事，看着老闷儿爬起来回家，还在举着瓶子喝。

不一会儿，于姐突然出现，二话没说，操起一根木棍抡起来扑上去就打。曹胖子已经醉得不省人事，却知道双手抱着头，蜷卧在地，像个大肉球，任凭于姐一阵疯打，洋货街上没人去劝阻，反倒要看看这里边是真是假，谁真谁假。于姐一直打累了，才停下来，呼呼直喘，只听她使劲喊了一嗓子："别以为我家没人！"

这话倒是像个男人说的。

打这天起，欢喜餐厅关门十天。第十一天的中午曹胖子来卸了门板，收拾厨房，从里边往外折腾炉灰炉渣，不一会儿黑黑的烟就从小屋顶上的烟囱眼儿里冒出来，看样子欢喜餐厅要重新开业。

下午时分，于姐就带着老闷儿来了。于姐扬着头满面红光走在前边，老闷儿提着两筐肉菜跟在后边——抬头老婆低头汉来了。

洋货街的小贩们都把眼珠移到眼角，冷眼察看。不想这三人照旧有说有笑，好像十天前的事是一个没影儿的传说。

五

一个卖袜子的程嫂听说，于姐已经在袜子厂停薪留职，来干欢喜锅了。她放着袜子厂的办公室主任不做，跑到街头风吹日晒，干这种狗食摊，为嘛？为了给她的宝贝老公撑腰，还是索性天天“欢喜佛”了？如果是后者，那天那场仗的真情就变成——曹胖子打老闷儿是给于姐看，于姐打曹胖子是给大伙儿看。这出戏有多带劲，里边可咀嚼的东西多着呢！

可是，于姐的为人打乱了人们的看法。她逢人都会热乎乎地打招呼，笑嘻嘻说话，有忙就帮，大小事都管，看见人家自行车放歪了也主动去摆好。最难得的是这人说话办事没假，一副热肠子是她天生的，很快于姐就成了洋货街上受欢迎的人物。这种人干饭馆人气必然旺，人愈多她愈有劲，那双天生干活儿的手从来没停过。从地面到桌面，从砂锅到竹筷，不管嘛时候都像刚刚洗过刷过擦过扫过一样，桌椅板凳叫她用碱水刷得露出又白又亮的木筋。而且老闷儿在外边听她指挥，曹胖子在厨房听她招呼，里里外外浑然一体。自打于姐来到这里，再不见曹胖子对老闷儿发火动气、骂骂咧咧。老闷儿那张黑黑的脸上竟然可以清晰地看到笑意。

她来了三个月，马路餐桌已经增加到十张，但还是有人找不到座位，把砂锅端到侧边那堵矮墙上吃。四个月过去，于姐给曹胖子雇个帮厨，半年过后，曹胖子买了辆二手九成新的春兰虎摩托，于姐和老闷儿各买一个小灵通。到了年底，于姐和曹胖子就合计把不远处一连三间底层的房子租下来。那房子原是个药铺，挺火，后来几个穿制服的药检人员进去一查，一多半是假药，这就把人带走，里边的东西也掏净了。房子一直空着没用，房主就是楼上的住户。

于姐对曹胖子说："我已经和房主拉上关系了，前天还给他们送去一个欢喜锅呢，拿下这房子保证没问题。"

日子一天天阳光多起来，闪闪发亮，令人神往，但日子后边的阴气也愈聚愈浓，只不过这仨人都不知觉罢了。

六

天冷时候，露天餐馆变得冷清。这一带有不少大杨树，到了这节气焦黄的落叶到处乱飘，刚扫去一片又落下一片，有时还飘到客人的砂锅里。于姐打算请人用杉篙和塑料编织布支个大棚，有个棚子还能避风。不远一家卖衣服的小贩说，他们也想这么干，要不衣服摊上也都是干叶子，不像样。他们说西郊区董家台子一家建材店就卖这种杉篙，又直又挺，价钱比毛竹竿子还低。他们已经订了十根，今晚去车拉。于姐叫老闷儿晚上跟车去一趟，问问买五十根能打多少折。傍晚时车来了，是辆带槽的东风120，又老又破。马达一响，车子乱响；马达停了，车子还响。

卖衣服的小贩叫老闷儿坐在车楼子里，自己披块毯子要到车槽上去，老闷儿不肯。老闷儿决不会去占好地方，他争着爬上了车槽。老闷儿走时，于姐在家里给孩子做饭。于姐来时，听说老闷儿跟车走了，心里一动，也不知哪里不对劲儿。是不是没必要叫老闷儿去？老闷儿即使去也没多大用处，他根本不会讨价还价，那么自己为什么叫老闷儿去呢？一时说不清楚是担心是后悔还是犯嘀咕，后脊梁止不住一阵阵发凉发瘆，打激灵。她只当是自己有点儿风寒感冒。

这天挺冷挺黑，收摊后远远近近的灯显得异样的亮，白得刺眼。于姐、曹胖子和那个帮厨正在把最后几个砂锅洗干净，嘴里念叨着老闷儿该回来了，忽然天大的祸事临到头上。洋货街一家卖箱包的小贩上气不接下气地跑来报信，说老闷儿他们的车在通往西郊的立交桥上和一辆迎面开来的长途大巴迎头撞上，并一起栽到桥下！

于姐立时站不住了，瘫下来。曹胖子赶紧叫来一辆出租车，把她拉到车里。赶到出事的地方，两辆汽车硬撞成一堆烂铁，分不出哪是哪辆车。场面之惨烈就没法细说了，血淋淋的和屠宰场一样，横七竖八的根本认不出人。曹胖子灵机一动，用手机拨通老闷儿小灵通的号码，居然不远处的一堆黑乎乎的血肉里响起铃声。于姐拔腿奔去，曹胖子一把拉住，说嘛也不叫于姐去看，又劝又喊又拦又拽，用了九牛二虎的力气，又找人帮忙才强把她拉回来。看着她这披头散发、直眉瞪眼的样子，怕她吓着孩子，将她先弄到洋货街上。谁料她一看到“欢喜餐厅”的牌子，发疯一样冲进去把所有砂锅全扔出来，摔得粉粉碎。她嘶哑地叫着：

“是我毁了老闷儿呀，是我毁了你呀！”

她的喊叫撕心裂肺，灌满了深夜里漆黑空洞的整条洋货街。

曹胖子忽然跑到厨房把炖肉的大铁锅也端出来，啪地摔成八瓣。

欢喜餐厅的门板又紧紧关上。照洋货街上的人的看法，于姐一定会带着儿子嫁给光棍曹胖子，和他一起把这人气十足的饭馆重新开张干起来。但是，事与愿违，一个月后，于姐人没露面，却叫曹胖子来把那块牌匾摘下来扔了，剩下的炊具什物全给了曹胖子。

又过些日子来了一高一矮两个生脸的人，把小屋的门打开，门口挂几个自行车的瓦圈和轮胎，榔头改锥活扳子扔了一地，变成修车铺了。矮个子的修车匠说这房子花两万块钱买的。这才知道香喷喷的“欢喜锅”和那个勤快又热情的女人不会再出现了。

有人说，她没嫁给曹胖子，是因为曹胖子有老婆，人家还有个十三岁的闺女呢；也有人说，“欢喜锅”搬到大胡同那边去了，为了离开这块伤心之地，也为了避人耳目。

真正能见证于姐实情的还是平安街的老街坊们。于姐又回到袜子厂。据说不是她硬要回去的，而是厂里的人有人情，拉她回厂。她回厂后不再做那办公室主任，改做统计。倒不是因为办公室主任的位置已经有人，而是她不愿意像从前那样整天跑来跑去，抛头露面。

此事过去，她变了一个人。平安街的老街坊们惊奇地看到，从眼前走过的于姐不再像从前那样抬着下巴，目光四射，不时和熟人大声地打招呼。她垂下头来，手领着儿子默默而行。人们说，她这样反倒更有些女人味儿。

开始都以为她死了丈夫，打击太重，一时缓不过劲儿来。后来竟发现，先前那股子阳刚气已经从她身上褪去。难道她那种昂首挺胸的样子并非与生俱来？难道是老闷儿的懦弱与衰萎，才迫使她雄赳赳地站到前台来？

这些话问得好，却无人能答，若问她本人，则更难说清。人最说不好的，其实就是自己。

黑　头

这儿说的黑头，可不是戏曲里的行当，而是条狗的名字。这狗不一般。

黑头是条好狗，但不是那种常说的舍命救主的“忠犬、义犬”，这是一条除了它再没第二的狗。

它刚打北大关一带街头那些野狗里出现时，还是个小崽子，太丑！一准儿是谁家母狗下了崽，嫌它难看，扔到这边来。扔狗都往远处扔，狗都认家，扔近了还得跑回来。

黑头是条菜狗——那模样，说它都怕脏了舌头！白底黑花，花也没样儿，像烂墨点子，东一块西一块。脑袋整个是黑的，黑得看不见眼睛，只一口白牙，中间耷拉出一小截红舌头。不光人见人嫌，野狗们也不搭理它。北大关挨着南运河，码头多，人多，商号饭铺多，土箱子（天津人对垃圾箱的俗称）里能吃的东西也多。野狗们单靠着在土箱子里刨食就饿不着。可这边的野狗个个凶，狗都护食，不叫黑头靠前。故而一年过去，它的个子不见长，细腿瘪肚，乌黑的脑袋还像拳头那么点儿。

北大关顶大的商号是隆昌海货店，专门营销海虾河蟹湖鱼江鳖，远近驰名。店里一位老伙计商大爷，是个敦敦实实的老汉，打小在隆昌先当学徒后当伙计，干了一辈子，如今六十多岁，称得上这店里的元老，买卖水产的事比自家的事还明白。至于北大关这一带市面上的事，全都在他眼里。他见黑头皮包骨头、瘦得可怜，时不时便叫小伙计扔块鱼头给它。狗吃肉不吃鱼，尤其不吃生鱼，怕腥，但这小崽子却领商大爷的情，就是不吃也咬上几口，再朝商大爷叫两声，摇摇尾巴走去。这叫商大爷动了心。日子一久，有了交情，模样丑不丑也就不碍事了。

一天商大爷下班回家，这小崽子竟跟在他后边。商大爷家在侯家后，道儿不远，黑头一直跟着他，距离拉得不近不远，也不出声，直送他到家门口。

商大爷的家是个带院的两间瓦房。商大爷开门进去，扭头一看，黑头就蹲在门边的槐树下边，一动不动瞧着他。商大爷没理它关门进屋。第二天一天没见它。傍晚下班回家时，黑头不知嘛时候又出来了，又是一直跟着商大爷，不声不响送商大爷回家。一连三天，商大爷明白这小崽子的心思，回到家把院门一敞说："进来吧，我养你了。"黑头就成了商家的一号了。

邻居们有点儿纳闷，商大爷养狗总得养条好狗，领野狗养，也得挑一条顺眼的，干吗把这么一个丑东西弄到家里？天天在眼皮子底下转来转去，受得了吗？

商大爷日子宽裕，很快把黑头喂了起来，个子长得飞快，一年成大狗，两年大得吓人，它那黑脑袋竟比小孩儿的脑袋还大，白牙更尖，红舌更长。它很少叫，商大爷明白，咬人的狗都不叫，所以从不叫它出门，即便它不咬人，也怕它吓着人。

其实黑头很懂人事，它好像知道自己模样凶，决不出院门，也决不进房门，整天守在院门里房门外。每有客人来串门，它必趴下，把半张脸埋在前爪后边，不叫人看，怕叫人怕，耳朵却竖着，眼睛睁得挺圆，决不像那种好逞能的家犬，一来人就咋呼半天。可是一天半夜有个贼翻墙进院，它扑过去，几下就把那贼制伏。它一声没叫，那贼却疼得吓得叽哇乱喊。这叫商大爷知道它不是吃闲饭的，看家护院，非它莫属。

商大爷常说黑头这东西有报恩之心，很懂事，知道怎么"做事"。商大爷这种在老店里干了一辈子的人，讲礼讲面讲规矩讲分寸，这狗合他的性情，所以叫他喜欢。只要别人夸赞他的黑头，商大爷辄必眉开眼笑，好像人家夸他孩子。

可是，一次黑头惹了祸，而且是大祸。

那些天，商大爷家西边的厢房落架翻修，请一帮泥瓦匠和木工，搬砖运灰里里外外忙活。他家平时客人不多，偶尔来人串门多是熟人，大门向来都是闭着，从没这样大敞四开，而且进进出出全是生脸。黑头没见过场面，如临大敌，浑身的毛全竖起来。但又不能出头露面吓着人，便天天猫在东屋前，连盹儿也不敢打。七八天过去，老屋落架，刨槽下桩，砌砖垒墙，很快四面墙和房架立了起来。待到上梁那天，商大爷请人来在大梁上贴了符纸，拴上红绸，众人使力吆喝，把大梁抬上去摆正，跟着放一大挂雷子鞭，立时引来一群外边看热闹的孩子连喊带叫，拥了进来。

黑头以为出了事，突然腾身蹿跃出来。孩子们一见这黑头花身、张牙舞爪、凶神恶煞般的怪物，吓得转身就跑。外边的往里拥，里边的往外挤，在门里门外匝成一团，跟着就听见孩子又叫又哭。

商大爷跑过去一瞧，一个邻居家的男孩儿被挤倒，脑袋撞上石头门墩，开了口子冒出血来。邻居家大人赶来一看不高兴了，迎面给商大爷来了两句：“使狗吓唬人——嘛人？”

商大爷是讲礼讲面的人，自己缺理，人家话不好听，也得受着。一边叫家里人陪着孩子去瞧大夫，一边回到院里安顿受了惊扰的修房的人。

这时，扭头一眼瞧见黑头，心火冒起，拾起一根杆子两步过去，给黑头狠狠一杆子，骂道："畜生就是畜生，我一辈子和人好礼好面，你把我面子丢尽了！"

黑头挨了重重一击，本能地蹿起，龇牙大叫一声，那样子真凶。商大爷正在火头上，并不怕它，朝它怒吼："干吗，你还敢咬我？"

黑头站那儿没动，两眼直对商大爷看着，忽然转身夺门而去，一溜烟儿就跑没了。商大爷把杆子一扔说："滚吧，打今儿别再回来，原本不就是条丧家犬吗？"

黑头真的没再回来。打白天到夜里，随后一天两天三天过去，影儿也不见。商大爷心里觉得好像缺点嘛，嘴里不说，却忍不住总到门外边张望一下。这畜生真的一去不回头了吗？

又过两天，西边的房顶已经铺好苇笆，开始上泥铺瓦。院门敞着，黑头忽然出现在门口。这时候，商大爷去隆昌上班了，工人都盯着手里的活儿，谁也没注意到它。

黑头两眼扫一下院子，看见中间有一堆和好的稀泥，突然它腿一使劲，朝那堆稀泥猛冲过去，噗地一头扎进泥里，用劲过猛，只剩下后腿和尾巴留在外边。这一切没人瞧见。

待商大爷下晌回来，工人收工时，有人发现这泥里毛乎乎的东西是嘛呢，拉出来一看，大惊失色，原来是黑头，早断了气，身子都有点儿发硬了。它怎么死在这儿，嘛时候死的，是邻居那家弄死后塞在这儿的吗？

大伙儿猜了半天说了半天，谁也说不清楚。半天没说话的商大爷的一句话，把这事说明白了："我明白它，它比我还要面子，它这是自我了结。"随后又感慨地说："唉，死还是要死在自己家里。"

炮 打 双 灯

一

都说静海县西南那边，地里不是土，全是火药面子。把那干结在地皮上白花花的火硝刮下来，掺上硫黄木炭，就是炸药。再加上盐碱化，土里的火性太大、太强、太壮，庄稼不生，野草长不到三寸就枯死。逢到大旱时节，烈日暴晒，大开洼无缘无故自个儿会冒起黑烟来……可有一种灌木状的丛生的碱蓬，俗称“红柳”，却成片成片硬活下来，可有时候不知为什么，又一下子全死了，死时变得通红通红，像一团团热辣辣的火苗。在夕照里望去，静静的、亮亮的，好像地里的火药全都狂烧起来。老百姓靠山吃山，靠水吃水，靠火药吃火药。自来不少村子，家家户户都是制造鞭炮烟花的小作坊，屋里院里总放着一点就炸的火药盆子，一不留神就屋顶上天、血肉横飞。土匪、游勇、杂牌军常窜到这里来，不抢粮食，专抢火药，弄不对劲儿就药炸人亡。那么此地人的性子又是怎样？是急是缓是韧是烈？拿人们常用的话说便是：点着一根药芯子瞧瞧。

牛宝，人称“卖缸鱼的牛宝”，今年二十三，陈官屯人。他祖宗神道，名字起得像算命一般准，牛宝二字就是他的一切。先说“牛”，他浑身牛一般壮实的肉，一双总睁得圆圆的、似乎眨也不眨的牛眼，还有股牛劲、牛脾气，头上没角却好顶牛，舌头比牛舌还硬，不会巧说话。再说“宝”，他天生一双宝手，虽长得短粗厚硬，手掌像肉饼子，却从杨柳青外婆家学来一手好画，专画大年贴在水缸上求福求贵的缸鱼：一条肥鲤扬头摆尾，配上莲蓬荷花，连年有余呀！那红鱼绿水、金莲粉荷，一照眼看去，图样出得富态，版线刻得活泛，颜色上得亮堂，画缸鱼的人多得是，可这喜庆兴旺的劲儿谁也学不来。年年腊月大集上，不少人专等着“卖缸鱼的牛宝”来。一露面，全出手，腊月里攒的钱，够一年四季零花。真像是手里捏个宝，想什么变什么。

腊月十四这天，静海县城的大集已经很有年味了。牛宝肩扛三百张缸鱼到集上，找一块人流往返的地界儿，站不多时候，卖个干净，别无他事，便清清爽爽去往顶西边的炮市看热闹。

这里的炮市，天下少有。原本是条河，年年秋后河水干涸，三九天河泥冻硬，这河床便成了卖鞭炮的集市。牛宝最爱看这阵势，远近各村赶来一车车鞭炮，都停在两岸河堤上，车上鞭炮用大红棉被蒙盖严实，怕引上火。牲口的眼睛一律使红布遮住，耳朵使红布堵上，怕给炮声吓惊。为什么使红色的布？造鞭炮的都是铤而走险，灾祸四伏，据说红色避邪。人们拿着自家制造的鞭炮，走下堤坡，到河床上去放，相互争强斗胜，哪家的鞭炮出众，自然招引很多人来买。这一截子差不多二里长的河床里，浓烟裹眼，烟硝呛鼻，连天炮响震得耳朵生疼。这股子火爆凶猛的劲儿，叫牛宝看得快活，不觉下了堤坡，但还没到鞭炮阵的中央，满脑袋就全是鞭炮屑儿了。

把事情挑出头来的是这女人。这女人一下子跳进牛宝的眼睛里。怎么能说是这女人跳进他眼里？她还离着远呢！可世上好看的女子，都不是你瞧见的，而是她自己招灾惹事活灵灵跳到你眼里来的。她顶大二十出头，头上扎块大红布头巾，两鬓各耷拉下一片黑发，像是乌鸦的翅膀，把她那张有红有白鲜活透亮的小鼓脸儿夹在当中。她人在那么远，牛宝怎么能看得这般清楚？魂儿给勾了去呗！渐会儿，才看明白，北边堤坡一棵歪脖老柳树下，停着一辆驴车，她坐在蒙着大红棉被的满满一车鞭炮上。倚车站着两个小子，一个大，一个小，各执一根放鞭用的长竹竿子，这两个小子什么模样，牛宝满没瞧见。

他像驾了云，双脚由得也由不得自己，恍恍惚惚一步步朝那女人走去。看这女人像看花，愈近愈好看，那眉眼五官，画也画不出这般美，而且清清楚楚，白处雪白，黑处乌黑，红处鲜红，像羊肠子汤那样又鲜又冲……忽然，一杆竹竿横在他身前，牛宝怔住才看清，原来就是站在那女人车前的小子，年龄较大的一个，十八九岁，圆头圆脑，四方厚嘴，肥嘟嘟的嘴巴子冻得像唱戏打脸涂了胭脂，倒是虎虎实实的样子，只可惜长了一双单眼皮。这圆头小子问道："你是买炮的，还是卖炮的？"口气很不客气。

牛宝正要回话的当口，从这小子肩头刚好与那女人眼对眼，只觉得两个深幽幽、晃着天光的井眼对着自己，弄不好就要一头栽进去。心里一恍惚，说出的话便岔出道儿去。

"卖炮的，干啥？"

他哪卖过炮，为什么偏偏这样说？这话一错，可就把自己送上绝路了。

圆头小子说："这边是俺们蔡家卖鞭炮的地界儿。你要来买炮，俺不拦你；你要卖炮，对不住！你先放一挂叫俺们瞧瞧，要是比俺们强，这地界儿就归你了。"说罢，嘴唇朝天噘，不信天下还有老大，也不信还有老二。

牛宝涌上来一股劲儿，说不清是叫这小子的傲气激的，还是叫那女人的美色挤的，反正他顶上牛。听完圆头小子的话，拨头就走，到那边炮市中央，在呛鼻震耳的浓烟烈炮中转了两圈儿，寻到一家卖鞭的，个儿大、贼响，掏钱买了四挂，都是千头大查鞭，还高价把人家放鞭使的大竹竿也买下来，返回到这圆头小子面前。闲话不会讲，剥开大红包纸，挑起一挂就放，一阵火闪烟腾，声如炸雷，噼噼啪啪连珠般响起来，真是好鞭！惹得不少人围上来并纷纷喝彩叫好。可这挂鞭放完，圆头小子站在原地并没动，嘴仍噘着，一脸不屑的神气。牛宝一瞅他绕在竿子上的一挂鞭，差点儿没笑出声来。这挂硬纸卷的小钢鞭，分外细小，像是豆芽菜，而自己的大查鞭却同小指头粗，摆在一起，只怕那小钢鞭像一堆耗子屎啦。想必是这圆头小子心虚不敢比试，故作高傲，再不端端架子还不倒下来？明摆着对方叫自己比趴下了！抬眼瞧那女人，愈发兴奋起来，把余下三挂大查鞭扎成一束，使竿子高高挑起，拿火一点，三挂齐响，声音翻番，成百上千小爆竹喷火滋烟，纷纷炸落下来，好似一阵恣肆的弹雨。牛宝不懂放鞭炮的门道，竿子举得过直，许多爆竹就落到他头上肩上手上，还有几个从领口掉进衣服，在前胸后背炸了。这一炸，尤其透过火光硝烟看见那女人正在笑他，立时撒起欢来，粗声吆喊，尖声欢叫，似唱非唱，腿又蹦，肩又摆，手中的竹竿子像是醉汉的腰，东摇西晃，甩得爆竹四下散落，逼得围观的人叫着笑着往后退。有人认出“卖缸鱼的牛宝”，不知他遇上喜还是撞上邪，跑到这里来瞎闹，耍活宝。

就这时候，空中一声“啪”！清脆至极，像是清晨车把式将那带露水的鞭子，在凛冽的空气里麻利地一抖。

牛宝没弄明白这声音打哪儿来，跟着就听这鞭子在半空中啪啪抽打起来，愈打愈紧愈密，声音毫不粘连，每一响都异常清晰、干脆、刚烈，上下左右，响在何处都一清二楚。牛宝这才瞅见，原来是圆头小子把他那挂小钢鞭点响了。奇了！他这鞭怎么声声都像是钻到耳朵里炸，直要把耳膜炸裂？这炸声还把三挂大查鞭的响声从耳朵里赶了出来，赶到外边，变得像拍打棉袄或吹破猪尿脬的那种闷响，完全成了圆头小子那小钢鞭的陪衬了。真奇了！他豆芽菜似的小鞭，哪来如此大的炸劲儿？当两人竿子上的鞭炮全放净，对面站着，牛宝瞪大眼发傻，圆头小子指指地面，牛宝一瞅更是惊讶。圆头小子身周一片炸得粉粉碎的鞭炮屑儿，像是罗过，细如粉末，足见炸药的劲力，自己四周却有许多爆竹根本没炸开，到处是烧净了火药黑乎乎的纸筒子。围观的人给他起哄、喝倒彩，这算栽到家了。他抬头硬叫自己向歪脖柳树下边望去，那女人也在嘿嘿笑话他。这笑比任何人嘲弄挖苦都叫他难堪。他要是土行孙，当即就扎进地里。羞恼之下，把竹竿子一扔，朝圆头小子说：

“十八号大集，咱再到这儿见！”

“干啥等到十八，”圆头小子神气活现地说，“你要不服，带着好货去独流镇找俺们，那儿后天就是集！”

周围一片叫好，此地人就喜欢这种带劲的话。

二

转过两天，牛宝在独流镇的炮市上拉开阵势。

独流镇的炮市与静海县城不同。十来亩平平坦坦一块场子，四外围着泥坯垒的一道墙，墙体多处坍塌，任人跨出跨进。地上光秃秃，只是戳着高高矮矮许多拴牲口的木桩，平时这是买卖牲口的地界。可一入腊月，卖花炮的渐渐挤进来，鞭炮一响，牲口吓走了，自然而然改作临时的炮市。

今儿牛宝好精神。一身崭新的棉袄棉裤，乌鞋净袜，脑袋一早洗过，此刻太阳一照，墨黑油亮。卖炮的人从没有这般打扮，烟熏火燎，鞭炸炮崩，衣衫多是旧破与煳洞。牛宝平时最不爱新衣，这样一身全新，架架楞楞，生生板板，像是相亲来的。他身边站着一个苍白消瘦的小子，带着病相，一双小眼倒是亮亮闪闪，十二分的精神。这人是他堂弟，名唤窦哥，专门折腾花炮的小贩。昨天牛宝请他买来一批上好鞭炮。窦哥既钻钱眼，也讲义气，买卖道上很有情面，这批鞭炮是他打沿儿庄“万家雷”家里买出来的。这“万家雷”

不单名满静海，还在天津卫宫前大街和北平的厂甸设炮摊、挂字号，有几分名气。人说“万家雷”能开山打洞，装进大炮膛里当炮弹使。

牛宝连夜把鞭炮上凡有“万家雷”的戳记都扯下来，换上红纸，临时使块杜梨木刻条大鲤鱼盖上去。自打静海造炮千八百年来，还没见过这字号。转天满满装一小车，运到集上，车上车下摆得漂漂亮亮，大挂的万头雷子鞭，一包三尺多高，立在车上，像半扇猪，极是气派。牛宝和窦哥各拿一根大竹竿，足足两丈长，左右一站，好比守阵门的两员武将。

对面是圆头小子，手握长竿，挑一挂红纸大鞭，横刀立马站在前头。后边是装满鞭炮的驴车，那女人面雕泥塑般坐在车上。车前，除去那年龄小的小子，还多出一个黑瘦瘦的男子。他们腰上全扎一条避邪用的红布腰带。炮市上的人看这阵势，知道要比炮，都围了上来。

窦哥一瞅对方，眼珠惊得差点儿没掉在地上，扭脸对牛宝低声说：

“牛宝哥，你咋跟他们斗上气儿了？人家是文安县蔡家啊！在天津卫‘蔡家鞭’和‘万家雷’齐名，前二年蔡家老大给火药炸死，蔡家人不大往咱静海这边来了，‘蔡家鞭’也见不着了。哎，你瞧，坐在车上那俊俏人就是蔡家大媳妇，名叫春枝，方圆百里，打灯笼也难找这么俊的人儿！可惜守了寡！这圆脑袋小子是蔡三，倚车站着的是蔡家老二和老四，都是放炮的好手。咱的炮再好,也放不过人家,更别说人家'蔡家鞭'了!"

牛宝听了,脑袋里只多了春枝,根本没有"蔡家鞭",还要多问,可不容他说话,圆头圆脑的蔡三已经将竹竿子使劲画起圈儿来,直把拴在竿尖上的那挂鞭甩成一条直线,在空中呜呜响。卖鞭的人都这么做,显示自己编炮使的麻绳结实不断。跟着,蔡三又变了手法,耍起花活儿,叫手中的竿子转起来,半圈儿紧、半圈儿松,一紧一松,有张有弛。那鞭就忽弯忽直、忽刚忽柔,如蛇舞龙飞,十分好看,还没点炮,就引得人们叫好。随后,竹竿往地上噔地一戳,鞭炮垂下来,点着就炸,声音比上次那小钢鞭响几倍,震得周围一些拉车的牲口慌忙挪动身子和腿,受不住,要跑。

牛宝挑起一挂雷子鞭也点响,"万家雷"名不虚传,个个爆竹都像炸雷,带着一股烈性与豪气,只比蔡家的大鞭强,绝不比蔡家弱,也招来一阵喝好。

两边就紧紧较上劲儿。

只见蔡三往右边一闪,小小蔡四从车子那儿走来,手提一挂巨型大鞭,每只都有黄瓜一般粗,总共十二只,像是提着一串长茄子,引得人们喊怪叫奇。蔡四身小,虽然斜向上举,最下边的一只大鞭依然嚓嚓蹭地。牛宝头次瞧见这般大的鞭。窦哥告诉他:"这叫'一步一响',走一步,炸一个,这是蔡家鞭的看家货,已经多年见不到,你一听就知道了。"

他掏钱给了身边一个熟人，嘀咕些话，然后对牛宝说：“我叫人去买他几挂，有几挂这鞭当幌子，今年多赚一倍钱。”

蔡四走到场子中央，蔡三帮他点着药芯子，大鞭炸天，响声像打炮，震得看热闹的人不单堵耳朵，还闭眼。小小蔡四却毫不为之所动，炮炸身边，浓烟蔽体，他却像提着笼子遛鸟，从容又清闲，叫人佩服蔡家人鞭炮这行真有功底。

蔡四稳稳当当走了十二步，一停，手里的大鞭刚好放完。一时不少人拥上来，争买大鞭。窦哥扬手大叫：“别急，还有更好的家伙哪！”他从车上抱下来一个天下少见的大雷子炮，立在地上，一尺多高，快要齐到膝盖，小胳膊粗，药芯子像根麻绳，大红纸筒，上边盖的戳是条墨线大鱼。

“娘哟！这不是炸城池子用的吧！”有人惊叫道。

“你瞧炮上那条鱼，挺像是牛宝的缸鱼，哎，那壮小子是牛宝吧，他咋改行卖起炮来了？”

人们议论着。

春枝在车上，仍旧像娘娘庙里的泥像，端坐不动，只是眼睫毛偶尔惊颤一下，那是听到人们议论时的反应，这反应却不为任何人发现。

牛宝拿香点着大雷子炮，轰地炸开，烟腾火起，声如天塌地陷，近前的人溅了一身黄土，没人叫，都呆了，像是出了大事。连牛宝都发蒙，一时竟不知发生什么意外。面皮生疼，是大炮炸开气浪拍打的。唯有蔡家人眼皮眨也没眨，但这一炸，却使春枝对眼前的事全然明了了。

随后两边各逞其能，蔡家人放炮似有用不尽的花样，可牛宝一招儿不会，新棉袄叫炮打煳了两大片，一只耳朵打红了，差点儿丢人现眼，多亏窦哥常年贩炮，见多识广，会使小伎俩，支应着局面，但要不是“万家雷”货真价实、东西地道，也早叫蔡家打趴下了。看来，真东西没亏吃，此亦万事之理。

蔡家老二放“二踢脚”的本事，叫人赞叹不已。他打开两把“二踢脚”，一个个插在红布腰带上，站在场子中央，先照寻常手法放上天空。蔡家鞭好，炮一样是头等，这“二踢脚”飞得高、炸得脆，高空一炸，碎屑飞散，像是打中一只鸟，羽毛迸开，飘飘飞去。他这样一连放三个，便换了手法，把“二踢脚”倒拿手里，点着药芯子，先叫下边一响在手上炸了，再用力抛上天空，炸上边一响。想叫它在哪儿炸就在哪儿炸。圆头圆脑的蔡三在两丈开外举起一挂鞭，蔡二看准，点着“二踢脚”，炸掉一响后，把余下一响抛过去，正好在那挂鞭下端炸开，当即引着那鞭，噼噼啪啪响起来，更引得周围一个满堂彩。这蔡老二得好却不罢手，更演出一手绝活儿。他像刚才那样倒拿“二踢脚”，炸掉下边一响后，却不抛出手，而是交给另一只手，抓住炸开的下半截，叫上边一响在另一只手上炸。两响不离手，一手一响，这招极是危险，换手慢了，就把手炸伤。但他黑瘦瘦紧绷绷的脸上老练而自信，动作从容又娴熟，好像玩儿一条鱼。

牛宝见对方压住自己，心里着急。

窦哥说："在天津卫大街上摆炮摊儿，不叫你乱放'二踢脚'，怕引着房子、崩着人，'二踢脚'就这样拿在手里，放给人看。蔡老大，就是那女人死了的爷们儿，还有手活儿更绝，他把大雷子夹在手指头缝里，一个指缝夹一个，两手总共夹八个，平举着，八个药芯子先后点着，哪个快炸，松开哪个。叫雷子掉下来炸，可又不能碰地，碰地会弹起来崩着人。这火候拿不准，手指头就炸飞了。如今蔡老大一死，没人敢耍这手活儿了。哎，牛宝哥，你咋直眼了？"

牛宝听着这话，眼盯着春枝，脑袋里轰地涌出个念头，他对窦哥说：

"你给俺把大雷子夹在手指头缝里，俺试试。"

"你疯啦，这手活儿是拿空炮筒子练出来的，咋能使真的试？炸坏手，你使啥画缸鱼，俺不干！"窦哥说。

牛宝不理他，从车上取些大雷子，一个个夹在手指缝里，平举双臂，瞪大眼，用一种命令口气对窦哥说："点上！"

窦哥见事不好，想扔下香头跑掉。

谁知牛宝这么一来，蔡家哥儿仨如同中了枪弹，怔住。春枝脸色十分难看，像是闹心口疼。蔡三红着脸喊道："这小子当俺们蔡家没人，欺侮俺们嫂子，拼啦！"哥儿仨疯了似的冲过来，还有蔡家同乡和要好的也一齐拥上。

牛宝还没弄懂这缘故，就给蔡家人摁在地上，窦哥也被揪扯住。对方喊着要把雷子插进他们屁眼儿点上，窦哥吓得叫救命求饶，想解释，却不知牛宝与蔡家究竟什么仇。牛宝给十来只大手死死摁着，摁得愈死，他犟劲愈大，用力一挣，脑袋刚抬起来，嘴巴反被压下来，在冻硬的地皮上蹭破，火辣辣地疼痛，蔡老三问他要干啥，他火在身体里撞，嘴更笨，索性大叫：

“俺想做你哥，俺想做蔡老大！”

这话叫在场的人全傻了！傻子也没有这么说话的。蔡家哥儿仨气得发狂，把他拉起来，用几十挂大鞭把他浑身上下缠起来，要炸他。牛宝使劲使得脖子脑门儿全是青筋，叫着：

“点火，点火呀！死活我是你哥啦！”

蔡三攥着一把香火，指着牛宝说：“你欺人太甚，俺豁出去吃官司、坐大牢，今儿也要把你点了，大伙儿闪开，我个人做事个人当……”说着就要冲上去点。

“慢着。”忽然响起一个清亮的声音。

牛宝瞧见春枝竟站在他身前，一手拦着蔡三，面朝自己。这张脸就是在杨柳青年画《美人图》上也找不着，可此刻满面愁容，两眼亮晃晃，厚厚包着泪水，像是委屈极了。在牛宝惊讶中，春枝说：“你不好好卖你的‘缸鱼’，弄来这些‘万家雷’来闹啥？你要再来搅扰俺，俺就亲手点这鞭！”然后对蔡家哥儿仨说：“回家！”一扭身，一大片眼泪全甩在牛宝当胸上。牛宝觉得，像是一排枪子儿打在自己身上。

春枝和蔡家人去了，浑身缠着大鞭的牛宝，像那拴牲口的木桩，直呆呆戳在那儿。

三

如果牛宝不去沿儿庄，他和春枝这段纠缠也就此罢了。自己一时迷糊、冒傻气、犯浑，把人家好好一个女人逼成那份可怜相。究竟春枝因何这般痛苦不堪，他琢磨不透。眼盯着溅在他棉衣上春枝的泪痕，后悔到头，不住地骂自己，最后把剩下的半车鞭炮堆在大开洼里点了，炸成火海雷天，惹得邻村人敲锣报警，以为谁家造炮，中了邪火，炸了窝。

转过两天，窦哥提着两瓶老白干、一包天津卫大德祥的鸡蛋糕来找他，要一同去沿儿庄谢谢人家姓万的，不管牛宝自己的事如何，人家“万家雷”真给使劲儿，那巨型的大雷子炮是万老爷子特意做的，真叫激动人心！这事关着窦哥生意道儿上的情面义气，牛宝便随窦哥来到沿儿庄。

沿儿庄人上至七老八十，下至童男童女，倘若不会造炮，非残即傻。尤其在这腊月里，家家院子的树杈上、衣竿上、屋檐下，都晾满整挂整挂沉甸甸的大鞭，好比秋后拿线穿成串儿、晒在屋外的大辣椒，墙头摆满捆成盘的雷子两响，像是码起来的大南瓜，极是好看。那些进村出村的大车装满花炮，蒙上大红棉被，在冰天雪地里更是惹眼。这腊月的鞭炮之乡虽然十二分的热闹，却听不到一声炮响。静得绝对，静得离奇，静得叫人揪心。

牛宝万万想不到，这位跟火药打一辈子交道的万老爷子，竟然胆小如鼠。三九寒冬，屋里和屋外一般冷，炕不生火，灶不烧柴，茶碗里水全结成冰，唯有说话时从嘴里冒出点热气。牛宝和窦哥一进门，万老爷子就嘀咕他们身上有没有铁器、抽烟打火的家伙，鞋底钉没钉“橘子瓣儿”，还非叫他们俩抬脚亮鞋底，看清楚才放心。窦哥假装不高兴地说：

“万老爷子每次都这么折腾我，下次我得光屁股来了。”

“别怪我疑神疑鬼，火是我们这行的灾。我不认字，我爹说灾字就是下边一个‘火’字，上边三个火苗。所以俺们非到做饭时才生火，烟也不抽，家里除去做饭的锅，不准使一点儿铁器。那九十堡的‘炮打灯’杨四，就是称火药时，秤砣掉在地上，迸出火星子，把一桶火药引炸，炸得杨四没有尸首，秤砣飞出半里多地。火这东西不知打哪儿来的，有时两家隔一道墙，这家点烟，火竟能穿墙过去，把那家屋里的鞭炮引着，火可邪啦……”万老爷子说到这儿，两眼发直，像是见到鬼，“哎，窦哥，你可小心点儿桌上那盆火药！”

待窦哥把“万家雷”前天在独流镇显威风的情景，一说一吹一捧，万老爷子才松开面皮，满脸直垂的皱纹也打弯了，龇开一嘴黄牙笑了。这儿井水盐碱也大，人牙焦黄。他神情得意地问道：

“俺那大活儿咋样？”

“还用说，生把土地炸个大坑，人说再炸就炸出个井来了。是不是这么说的，牛宝哥？”窦哥朝牛宝挤挤眼，叫他帮腔，哄万老爷子高兴。

牛宝嘴拙，找不着话说，只傻笑、点头。

万老爷子愈发得意，笑眯眯地再问：

“你们跟谁家比炮？”

“俺们咋能拿您的‘万家雷’去跟无名小辈比试，那不成请关老爷和小兵小卒比高低了？对手是文安县‘蔡家鞭’蔡家，行吧？”

“噢？”万老爷子惊讶得很。他说，“蔡老大一死，都说蔡家关门不造炮，挂在天津卫的牌匾都摘了，怎么又出头露面，是不是假冒？”

“咋能假冒呢？蔡家四个大活人都在场呀！”

“咋四个？”

“蔡家老二、老三、老四，哥儿仨……”

“对呀，才三个，咋四个呢？”

“还有人家蔡老大的那俊媳妇春枝呢。春枝她……”窦哥说到春枝，看牛宝直了眼，便赶紧停住口。

“窦哥，你嘴动，胳膊别乱动，小心俺那火药盆子！”万老爷子叫道。然后叹口气说，“春枝那孩子命够苦，三个跟她贴近的男人全给炸死了——她爹，她公公，她爷们儿！俺说她是火命！是火！是灾！”

牛宝听得惊异不已，他死也想听明白，窦哥完全清楚牛宝的心思，何况他自己也想知道这闻所未闻的事，便死乞白赖、东绕西套，终于从万老爷子肚里掏出下边的话：

“哎，窦哥，俺当你万事通呢，你咋不知春枝姓杨，她爹就是九十堡‘炮打灯’杨四呵。还是清朝时候，天津卫炮市上就有句话，是‘蔡家鞭，万家雷，杨家的炮打灯’，这都是上两辈人创的牌子，到今儿全是百年老炮了。那时，因为杨家是本县人，跟俺们万家熟识，蔡家远在文安，相互只知其名罢了。到了俺们这辈，杨家跟蔡家认识了，很要好，两家给春枝和蔡老大定了娃娃亲。可春枝十岁就死了妈，跟她爹相依为命过日子。后来孩子们长大，该成亲了，蔡家老头子就去找杨四商量嫁娶的日子，杨四怕春枝走了，一个人受不住孤单，非要蔡老大倒插门。其实蔡家有四个儿子，少一个在身边怕啥？蔡家老头子偏不肯，谈崩了，都上了火气，蔡家老头子回家喝闷酒，一头醉倒，睡成烂泥巴，忘了热炕上还烤着几十挂受了潮的大鞭呢！一下烤过了劲儿，炮炸火起，怪的是四个大小伙子愣没打火里弄出他们爹，活活烧死。

蔡家人恨死杨四，没人提那婚事。过两年，哎，就是俺刚头说过的——杨四同村人来找他借点火药，提着杆秤来称分量。造炮的人弄火药绝不准使铁器，勺用木勺，铲用木铲，他怎么忘了秤砣是铁疙瘩呢！秤杆一斜，秤砣砸在石头上，火星子迸进火药里，生把人炸得净光光，连根骨头也没找到，你们说奇不奇？好好一个人，像是变成一股烟，影儿都没留下，这是遭了啥罪、啥灾？杨家只剩下春枝孤孤单单一个闺女。那蔡老大来向她求婚，她不肯，不知因为她爹欠着蔡家一条命，还是怕一走，'炮打灯'杨家的根儿就此绝了。蔡老大打小跟春枝要好，知道这闺女的性子比火药还强，他竟造了一百个'炮打双灯'去到杨家门口放，意思是你杨家祖业给我蔡老大接过来了，绝断不了根脉。蔡老大是造炮好手，更是放炮好手，他把'炮打双灯'一个个立在手掌上托着放。凡是打上天的炮，头一响都得用'竖药'，只往高处蹿，不往横处炸。顶多觉出点儿坐力来，绝不会伤手。这又表示，他蔡老大已经把杨家的'炮打灯'学到家了。一百个放完，春枝流着泪出屋，二话没说，跟他去了文安……哎，窦哥，这些事你咋会不知道呢？"

"只言片语听见过，可各村各庄造花炮的年年出事、年年死人，哪会连成您这么长的故事！"窦哥说，"俺倒听人说过蔡老大的死，他是惹了大仙吧？"

"说是也是。春枝嫁到蔡家第二年，也是年根儿底下，她做了一盘‘炮打灯’，打算三十夜里自己放，祭祖呗！她剩下一捧炸药没处放，就使高丽纸包个包儿，塞到鸡窝后边夹缝里。这地方平时绝没人去碰，最保险，谁知夜里闹黄鼠狼钻进鸡窝后边夹缝里，这也奇了，它上房翻墙，跑哪儿去不成，偏扎到火药包上，蔡老大拿棍子一捅，嘿，正好，‘轰’地生把蔡老大炸得人飞起来，撞在屋檐上，再摔下来，成了血人……唉，怎么这样巧，又都巧到春枝一个人身上？也是命呗！出殡那天，春枝把自己编了十天十夜的两挂大鞭，足有几十万头，挂在大门两边老树上，放起来足足响了整整一夜，直叫整个村的人听着听着，都听哭了……”

牛宝听到这里，忽地翻身趴在地上，给万老爷子叩头。万老爷子蒙了，忙弯腰搀扶，说道：

“俺哪句话伤着你了，快起来，快起来，告诉俺，俺赔不是！”

牛宝却不起身，脑门撞地，咚咚山响，然后抬起泪花花的脸说：“您得教俺造‘炮打灯’，您得教俺造‘炮打灯’，您得教俺造‘炮打灯’……”反反复复，只这一句话。

万老爷子更糊涂了，窦哥心里却很明白，他害怕牛宝再去惹事，但牛宝犟上劲儿的事，愈拦愈坏，因此他非但没有劝阻，反也趴在地上给万老爷子叩头说：

“您成全俺哥哥吧！”

这句话像是在万老爷子脑袋里点盏灯。万老爷子先是惊讶，随后摇着头低声说：

“要说春枝是个好闺女，懂事明理，知情讲义，可惜她天生是火命，是灾祸！你去问问文安县的光棍儿，还有人敢娶她做老婆吗？听俺一句吧，老弟！你只要一沾她，灾祸就扑上身，快快绝了这念头！”

牛宝额头顶着地，一动不动，说话的声音便又闷又重：“俺，俺死活要当蔡老大。”他不会再多说一句。

乡里人之间并不靠说，哼哼两声，谁都能知道谁的意思。万老爷子叹口长气，无奈地说道：“都是命里有啊！好，都起来吧，俺教！”他屁股没离凳子，一转，旁边就是一头吊在房梁上的赶版。他使这赶版一下一个，赶出四五十个炮筒子交给牛宝，然后把桌上的火药盒子和几个料碗端过来说：“一硝，二磺，三木炭，火药就这三样东西。你要想往天上打，少放磺，多放炭，这叫竖药；你要想往横处炸，多放磺，少放炭，这叫横药。‘炮打灯’是把灯往天上送，下边一响必得用竖药。听明白了？硫黄好买，县城里铺子就卖，木炭你自己会烧？”

“俺画样子就拿木炭起稿。把柳树枝用泥封在洋铁罐里烧，行不？”牛宝说。

“这可不行！造炮的木炭不能使柳枝，只能用青麻秆。”

“麻秆倒有，可硝到哪儿去弄？”

“碱河边有的是，白花花一片片。人说文安任丘那边地上的硝更好，是火硝。”窦哥插嘴说。

“使那硝造炮，还不如放屁响。俺告你们个绝密。你们要是说给外人，俺就使炮炸了你们……”万老爷子凑过织满皱纹的老脸，表情神秘，压低嗓音说，“你们就到俺家对面那茅厕的后墙上去刮。”

“那是尿硝啊！”窦哥说。

“谁说不是。这村里人身上全是硝，尿出来的尿烫手，结成的尿硝才有劲儿哪！我家的不行，人老了，没火力。对面崔家五个小子，个个像小牛，那硝面子才是好东西。”

万老爷子说：“这硝弄回去，可不能直接使，先用锅熬，熬成水，泼在木炭上，晾干压成粉再掺硫黄。记着，一份硝炭，一份半硫黄。‘炮打灯’使竖药，还得多放硝炭！”

“那打到天上的灯，咋做法？”牛宝问。

万老爷子说：“这东西叫明子，你不会配，俺送你些吧。”他从身后拿出两个瓦坛子，里边装着黄豆大小、药丸似的东西，各拿出几十粒，分别使红绿纸包上。“这红纸包的，打到天上就是红灯，绿纸包的打到天上是绿灯。‘炮打灯’有很多样儿，有一响一灯，有两响七灯，俗称‘炮打七灯’，可灯色都是黄色的。唯有这‘炮打双灯’，一红一绿，打到天上才好看哪！听俺爷爷说，清朝时候，男的向女的求婚，就在人家房前放这炮。当年蔡老大在杨家房前放‘炮打双灯’，多半就是这意思。”

牛宝呼啦一声又趴地上，给万老爷子连叩响头，像是遇到救命大恩人。他动作太猛，差点儿把桌上火药盆子撞下来，幸亏窦哥眼疾手快抱住了。

待牛宝与窦哥千恩万谢告辞回去，万老爷子一人叹息、摇头，还狠狠砸了自己几拳，好像自己伤天害理、送人上西天了。

牛宝和窦哥出来就绕到对面茅厕后边。一看沿墙根儿白白的，果然都是尿硝，又厚又硬，使瓦片刮下来，晶莹闪亮。两人正刮得带劲，有个孩子喊："有人偷硝了。"吓得他们俩赶紧使帽头兜上硝面子，慌张逃出村，再逃回家。

牛宝照万老爷子的法儿，买料、配料、装活儿，他平日里干活儿认真，可此时脑袋着魔了，总一闪一闪老年间求婚使的那一双双红灯绿灯，糊里糊涂弄不清硝炭同硫黄，该是哪多哪少，装了一半，便不敢再装。傍晚时候，窦哥来了，两人一说，窦哥笑道：

"你脑袋里净是那春枝啦，咋弄不清呢？'炮打灯'使竖药往天上打呗，多掺些木炭不就行了！"牛宝往药里又加些木炭。两人在房后空地上试了两个，真鼓捣成啦！一响过后，打炮筒里飞出两条亮线，一红一绿，直上天空，老高老高，跟着变成一红一绿两盏灯，极亮极艳，照得天都暗了。窦哥看去，这双灯不在天上，而是在牛宝眼里，那大眼眶子中间，绚烂五彩，烁烁逼人。可窦哥哪知道，刚刚牛宝往火药里加木炭之前，已经装成的一些炮，配料正好弄反，竖药成横药！

四

静海县城逢四逢八是大集。今儿是腊月二十八，大年根儿，赶集是最后一遭儿，买卖东西的人便都翻几番，穿戴也鲜活多了。炮市上更是气势压人，河床上烟火连天，炸声如雷，像是开了战。两岸堤坡装鞭炮的车排得密不透风，好似千军万马列成长蛇阵。牛宝和窦哥手拿一包“炮打双灯”，蹲在一辆牛车后头，等候天晚人少。牛宝目光穿过大车轮子，一直死盯着春枝。她依旧在那歪脖柳树下，坐那驴车上，依旧黑衣服、白脸儿、红头巾，但她不像前两次木雕泥塑般纹丝不动，而是把俊俏小脸扭来扭去，东张西望，像是找什么。蔡家哥儿仨放鞭卖炮，忙前忙后，她却像没瞧见。

下晌后，炮市明显歇下劲儿来，停在堤上的大车走了许多，零零落落，不成阵势，河床中央的硝烟也见稀薄，看出一个个人来。日头西沉，景物、天空全变暗，火光反显得分外明亮。渐渐剩下的人多是鞭炮贩子，吆喝喊叫加劲闹，无非想把压在手里的货甩出去。鞭炮这东西，压过腊月二十八，就得压上一年。地上炸碎的鞭炮屑儿，已经铺了厚厚一层，歪脖树下的蔡家人开始收摊子，也要返回去了，就这时牛宝带着窦哥突然出现在蔡家人面前。

春枝眼睛一亮，像是这才定住魂儿。

蔡家哥儿仨马上抄起家伙走上来。他们见牛宝立眉张目，嘴角紧张得直抖，有股子决然神气，以为并非比炮，只是要报复前仇，拼命来的。可牛宝不动手也不动嘴，他把厚厚大手平着向前一伸，掌心朝上，中央摆着一个“炮打双灯”，大红炮筒，绿纸糊顶，还使黄纸盖个鲤鱼戳记粘贴中间，鲜艳漂亮，不是画画儿的牛宝，谁能把花炮打扮成这个样儿？蔡家哥儿仨一看，立即明白牛宝要干什么，气急眼红，竹竿子给抖动的膀臂震得哗哗响。他们回头看春枝，等待嫂子下令，他们就把这欺侮人到家的小子活活打死。只见春枝脸刷白，没一点儿血色，紧咬着嘴唇，两眼却像一对小火苗，闪闪冒光，叫蔡家哥儿仨不明白。

牛宝拿香头把立在手心的炮点着，一声响过，一对浓艳照眼的红绿双灯，腾空而起，他人也觉得随同升起，绚烂地呈现在幽蓝的晚空上。一个放过，窦哥就递上一个，一双双火弹连续不断打上天，美丽、响亮，又咄咄逼人。春枝抬头看，这双灯是她的过去——她最好的日子和最美的希望；而双灯一亮一灭，便是她坎坷多难的岁月经历，她入迷了。

突然，一声巨响，一个炮在牛宝手心爆炸，没往天上蹿，却往横处崩，手心登时裂开，血淌下来。窦哥急得忙把塞在牲口耳朵里的红布拉出来，要给牛宝缠手，一边叫着：“牛宝哥，别再放了，人家春枝不会跟你的……”

牛宝抢过红布一扬，朝窦哥喊道：“拿来，拿炮给俺！你不给俺就宰了你！”他瞪圆一对牛眼，像门神，很吓人。脑门上的青筋鼓起来嘣嘣直跳。

一个炮递过去，又炸了手心，眼瞅着皮开肉绽，手掌像托着一盘炒鱿鱼卷儿。窦哥忽想到万老爷子的话，一股子不祥感透入骨头，不觉心寒胆战，掉着眼泪哀求道：

“咱中了万老爷子的话了，再放下去没命了，求你快回家吧！”

牛宝不吭声，像是没听见。一个个炮立在血肉模糊的手掌上，点着药芯子，有的飞上去，有的往横处乱炸，完全没有准儿，血点子滴了一片。蔡家哥儿仨和周围的人都看呆了。决死的人跟神仙差不多，叫人敬畏。那打上去的双灯，像是带着血，变成血灯。牛宝后牙咬得咯咯响，努力不叫托炮的胳膊打战，两眼死死盯着春枝。春枝坐在车上一动不动，但双手紧紧抓住盖在车上的红棉被，好像一松手，人就要掉下车来。

牛宝又点着一个“炮打双灯”，他万没想到这炮筒子里硫黄这么多，几乎是炸弹，猛烈一声巨响，火光闪着血光，牛宝倒在地上，春枝倒在车上。

一年后，还是腊月里，牛宝赶车往县城赶集，左手扬鞭，残断的右手缩在袄袖里。他拿不成笔，不能再画缸鱼了，改卖“杨家的炮打灯”，而且只卖“炮打双灯”。满满一车花炮盖着大红棉被，上头坐着一个鲜艳如花的女人，便是春枝。

但人们说到他们俩，都暗暗摇头。窦哥无意间，把万老爷子应验了的预言泄露出来，大家更信春枝这女人是火、是灾、是祸。瞧！她还没进牛家门，就叫牛宝先废了一只手，而且是干活儿画画儿的手，这跟搭进去半条命差不多。牛宝听到这些闲话，憨笑不语，人间的苦乐唯有自知。

酒　婆

酒馆也分三六九等。首善街那家小酒馆得算顶末尾的一等。不插幌子，不挂字号，屋里连座位也没有。柜台上不卖菜，单摆一缸酒。来喝酒的，都是扛活儿拉车卖苦力的底层人。有的手捏一块酱肠头，有的衣兜里装着一把五香花生，进门要上二三两，倚着墙角窗台独饮。逢到人挤人，便端着酒碗到门外边，靠树一站，把酒一点点倒进嘴里，这才叫过瘾解馋其乐无穷呢！

这酒馆只卖一种酒，使山芋干造的，价钱贱，酒味儿大。首善街养的猫从来不丢，跑迷了路，也会循着酒味儿找回来。这酒不讲余味，只讲冲劲儿，进嘴赛镪水，非得赶紧咽，不然烧烂了舌头、嘴巴、牙花、嗓子眼儿。可一落进肚里，跟着一股劲儿“腾”地蹿上来，直撞脑袋，晕晕乎乎，劲头儿很猛，好赛大年夜里放的那种炮仗“炮打灯”，点着一炸，红灯蹿天。这酒就叫作“炮打灯”。好酒应是温厚绵长，绝不上头。但穷汉子们挣一天命，筋酸骨乏，心里憋闷，不就为了花钱不多，马上来劲，昏头涨脑地洒脱洒脱、放纵放纵吗？

要说最洒脱，还得数酒婆。天天下晌，这老婆子一准儿来到小酒馆，衣衫破烂，赛叫花子。她头发乱，脸色黯，没人说清她嘛长相，更没人知道她姓嘛叫嘛，却都知道她是这小酒馆的头号酒鬼，尊称酒婆。她一进门，照例打怀里掏出个四四方方小布包；打开布包，里头是个报纸包，报纸有时新有时旧；打开报纸包，又是个绵纸包，好赛里头包着一个翡翠别针；再打开这绵纸包，原来只是两角钱！她拿钱撂在柜台上，老板照例把多半碗“炮打灯”递过去，她接过酒碗，举手扬脖，碗底一翻，酒便直落肚中，好赛倒进酒桶。待这婆子两脚一出门，就赛在地上画天书了。

她一路东倒西歪向北去，走出一百多步远的地界，是个十字路口，车来车往，常常出事。您还甭为这婆子揪心，瞧她烂醉如泥，可每次将到路口，一准儿是噔的一下，醒过来了！竟赛常人一般，不带半点儿醉意，好端端地穿街而过。天天这样，从无闪失。首善街上的人家，最爱瞧酒婆这醉醺醺的几步扭——上摆下摇，左歪右斜，悠悠旋转乐陶陶，看似风摆荷叶一般。逢到雨天，雨点淋身，便赛一张慢慢旋动的大伞……但是，为嘛酒婆一到路口就醉意全消呢？是因为“炮打灯”就这么一点儿劲头，还是酒婆有超人的能耐说醉就醉说醒就醒？

酒的诀窍，还是在酒缸里。老板人奸，往酒里掺水。酒鬼们对眼睛里的世界一片模糊，对肚子里的酒却一清二楚，但谁也不肯把这层纸捅破，喝美了也就算了。老板缺德，必得报应，人近六十，没儿没女，八成要绝后。可一日，老板娘爱酸爱辣，居然有喜了！老板给佛爷叩头时，动了良心，发誓今后老实做人，诚实卖酒，再不往酒里掺水掺假了。

就是这日，酒婆来到这家小酒馆，进门照例还是掏出包儿来，层层打开，花钱买酒，举手扬脖，把改假为真的“炮打灯”倒进肚里……真货就有真货色。这次酒婆还没出屋，人就转悠起来了。而且今儿她一路上摇晃得分外好看，上身左摇，下身右摇，愈转愈疾，初时赛风中的大鹏鸟，后来竟赛一个黑黑的大旋涡！首善街的人看得惊奇，也看得纳闷，不等多想，酒婆已到路口，竟然没有酒醒，破天荒头一遭转悠到大马路上，下边的惨事就甭提了……

自此，酒婆在这条街上绝了迹。小酒馆里的人们却不时念叨起她来，说她才算真正够格的酒鬼。她喝酒不就菜，向例一饮而尽，不贪解馋，只求酒劲儿。在酒馆既不多事，也无闲话，交钱喝酒，喝完就走，从来没赊过账。真正的酒鬼，都是自得其乐，不搅和别人。

老板听着，忽然想到：酒婆出事那日，不正是自己不往酒里掺假的那天吗？原来祸根竟在自己身上！他便别扭开了，心想这人间的道理真是说不清道不明了。到底骗人不对，还是诚实不对？不然为嘛几十年拿假酒骗人，却相安无事，都喝得挺美，可一旦认真起来反倒毁了？

多瑙河峡谷

一

我喜欢这年轻人的气质。

当表妹肖莹把他领来时，我感觉我的眼睛一亮——他像芭蕾舞中的王子。修长而挺拔的身子，长长的腿，更准确地说是长长的小腿，我喜欢这种小腿长的人。我说他像王子，是他高耸的额头和直鼻梁的线条清晰优美，下巴微微翘着，使他的脸上平添了一点儿王子特有的“高贵”，还有一种雕塑感。他明澈与柔和的目光在深陷的眼窝阴影里闪着光亮。青春的气息向来是年轻人特有的优势。青春使这个年轻人富于生命的魅力。我感觉他身上有一股冲劲儿。

肖莹对我说："这就是我跟您说的江晓初。"

江晓初冲我一笑。这一笑也讨人喜欢。

我对他说："你看上去更像一个搞艺术的。"

笑容出现在肖莹白净又清秀的脸上。她很高兴我这么说。

我这么说，是因为我知道江晓初是学医的，是一位年轻的牙医。牙医需要这么漂亮吗?

我这表妹是舞蹈演员。我想：她可真会找男朋友。她从来没有交过男朋友，愈没有朋友就会愈猜不透她择友的标准。现在明白了，原来她一直等待这样一个男子的出现。这男子更像她的舞伴儿，她选择男朋友是舞台选演员的标准吗？这江晓初愈看愈和舞剧中的王子一模一样。她可真有本事！究竟是用什么办法才从芸芸众生中把这个"王子一般"的年轻人找出来的。我怎么从来没碰见过这种形象的人?

而这个年轻人和肖莹又是如此般配，无论身材、体形、形象还是气质，他们都是天生一对。

我说话喜欢开门见山。尤其今天肖莹和江晓初不是来串门的，而是有事请我帮忙。我接下来的话便直入主题，我对江晓初说："说说你的想法。"

他的回答出乎我意料，甚至叫我有点儿吃惊。他说："我没有太多想法，只想出国。"

出国是20世纪90年代年轻人中一种极时髦的潮流，

一个充满欲望的痴人的梦。没想到他表达得如此直接，如此急切。我有点儿吃惊。社会发展真快，相隔五六岁居然就有“代沟”了。

我告诉他，我没办法帮助他到国外去当医生，在国外当一个职业医生很难，需要很多硬性的条件，我只能介绍他去国外上学，而且只能是去欧洲的几个国家留学，美洲那边我没熟人，日本也没有。在随后的交谈中，我得知他的身世——他是孤儿！从年龄上看，他应该是唐山大地震的孤儿。初次见面，我没有深问，孤儿身上总有看不见的伤痕，怕被触及。我问他到国外是否还学医。他说自己在医学院毕业后就一直在医院工作，已经极其厌烦医院了。他笑道：“我真受不了每天一上班，就有许多嘴朝我张开。”他接着说：“我还受不了医院天天都是一样的、没完没了重复的事。还有咱中国人之间的琐琐碎碎，弄不好就裹进是非里。”

肖莹说：“他想出去重新上大本，上大本时再选择专业。他爱好很多，文学、艺术、摄影，他想当摄影记者。”

肖莹把他说成文艺青年了。她知道我喜欢热爱文化和艺术的年轻人。

我笑着对江晓初说：“我不明白你当初为什么学医。”

“我听信了一种说法：学艺术不如学技术。技术学到手，就有饭吃，艺术虚无缥缈，很多人干了半辈子艺术，还是不上不下，没有着落。”他说。

“你说得有道理，但还是因人而异，肖莹不是很成功吗？”我说，大家全笑了。我接着对江晓初说：“看来你现在的目标是先出国，一切走着瞧？”

江晓初点头说：“是这样。出去闯，相信我能行。”

我对肖莹笑道：“你是不是放行？”

肖莹说：“关键是这事是不是很难办。”

我打趣说：“你要开红灯，这事就没法办；你要开绿灯，这事就不难办。”随后我扭脸对晓初说：“我来帮你吧。”

听到我这话，他们俩都笑了，笑得释然。这一笑我发现他们俩很像，是因为这笑里有同样的心情、同样的谢意，还是他们确实很般配，连笑都一样？

肖莹说：“表哥更是帮我。”

我对她开玩笑地说：“我在帮他，怎么是帮你？”

这句话叫肖莹一边笑眯眯一边羞得不知何以作答。

我这表妹很可爱。她很美，她不仅在舞台上美，所有姿态全美，款款地走在街上美，静静地坐在那里也美。这种美不是外表的，而是骨子里的、生命气质里的，也有渐渐从艺术里滋养出来的。我这么说，可别以为我对这个表妹有什么暗恋。她是我姑姑的独生女，姑姑家和我家同住在一条街上。我们两家隔着十来个门。她小我六岁，比我妹妹家慧大一岁，自小我们三人就在这条树影婆娑的老街上跑来跑去。从与同一条街上的孩子们在各家的门洞之间玩儿捉迷藏，直到后来背着书包上学，再往后便是长大有了各自的生活。我们没有疏远和陌生，始终来来往往。童年那根悠远绵长、看不见的绳子始终牵扯着我们彼此。她与我有联系，是因为她与我有共同的热爱——音乐与文学。她与家慧则像闺密一样一直无话不谈。特别是肖莹的母亲闹病去世，姑父另娶，肖莹的继母是一个话多和嘴碎的女人，爱挑刺儿，难以接近。肖莹每每碰到了费琢磨的事，都会来我家找家慧说说。家慧虽然岁数小一点儿，却比肖莹更有主意，有决断力，脑袋灵光，性情爽快，像个男孩儿。肖莹的性格似乎刚好相反。她文气、内向、安静，不喜欢与人交往，也就不大会看人，待人处世全凭感觉，就像她跳舞。她跳舞绝非表演，不是跳给人看，而是在释放自己身心的能量和对美的感觉。然而，太凭感觉的人就容易太自我。尽管她的舞蹈感觉极好，但由于平日不去观察别人，也就不能深入和演好角色。她很难成为一个舞剧的主角，只能跳独舞。她的独舞跳得十分出色，在国内的舞坛已经相当惹人注目了。她跳的《观音》有一种至高至纯至美的神圣感。每逢碰到舞蹈大赛或者国际交流，她都是团里最硬的一张牌。但舞蹈团中向例有个不成文的规矩，如果不能出演舞剧中的“女一号”，就不能成为团里的头牌。

可是她不在乎这些，跳舞在她身上，好像自小就是一种自娱和自享。她活得自我。她有一点儿封闭。她一直没有男朋友，是不是在等她的“白马王子”？今天我第一眼看到江晓初，便知道伴侣中的“神品”绝不是从人世间找来的，而是上天恩赐的。于是，我总觉得今天自己答应给他们帮忙，不是帮助他们走到一起，而是促使他们分开，天各一方。想到这里，有点儿不安。过后我找来肖莹问道：

“你想和他一起出去吗？”

“他说，他先把自己安稳好，再接我去。”

“那你就要离开你热爱的舞蹈了？”

她迟疑了一下，说：“没想那么多，还不知他将来会做什么呢。他除去做医生，没有其他专长，但他说他会在国外找到满意的工作。”

看来，他们对自己的未来并没有计划，种种想法都是一种愿望，一种一厢情愿，这可不大妙。我问她：

“我看晓初一门心思要出国，并没有充分准备。你凭什么相信他行？”

“他从小一个人，一切全是自己闯出来的。他确实有能力。他才到口腔医院两年多，已经是门诊部绝对的骨干了。”

“现在他干的是他的专业，出去可要重新从零开始。他没有目标，国外的环境并不一定像他想象的。如果要等到他在外边一切安稳下来，可能会很久，你想到了吗？”我说。看到她眉心微蹙，便笑着问她：“他是不是有点儿任性？你是不是有点儿宠着他？”

肖莹露出笑容，未答。这叫我生出一点儿担心了。我不好直说，换了一个很感性却又是最根本的话题问她："他很爱你吗？"

对于我这个大表哥，肖莹一直肯说心里话。她说："就像我爱他一样。"她说得郑重其事。

我是"过来人"，我知道初恋者都以为他们心中的爱情像一张纸的两面。虽然肖莹是大姑娘了，这次却是初恋。

这反而使我更加不踏实了。

我一直想找个时间与她好好聊聊，总也找不着合适的时间。这阵子我负责长三角地区一个园林设计的项目，开工在即，需要不断地赶飞机赶火车跑过去。而肖莹正在编一个新的独舞，她一进入创作，就如同走火入魔，别想把她从中拉出来。另一方面是给江晓初联系的事进行得十分顺利，愈顺利，办各种出国手续的时间要求就愈紧。

为晓初联系出国这件事情之所以如此顺利，是因为我想到一位老朋友乔一鸣，这人岁数比我大七八岁，我叫他老乔。人长得又黑又壮，年轻时好踢足球。上海出生，在东北长大，说话已经没有上海口音了。性格也更像北方人，热情义气，喜欢社交，爱帮人忙。当年他在北京一家报社做新闻记者，我和他彼此有缘，见两面就像老友，只要去北京办事开会，就约他聚聚。有时有事，彼此帮忙。他是一个把别人的事当作自己的事的人，没有任何功利念头，这种人做朋友靠得住，甚至很难得。可是后来他辞职跑到奥地利，帮一位朋友办了一家木材公司，他人厚道、能干，却不适合做买卖，公司没有办下去，人却留在那里了。现在与寓居在法国、德国的几个熟人合办一张华文小报，取名叫《欧华周报》。老乔有记者经验，做报纸是行家里手，报纸的“总部”就设在奥地利，实际上就在他家里。据说他这份小报在欧洲华人圈中还小有名气。他常年住在维也纳，我没去过那里，只听说维也纳是欧洲音乐之都，古老又漂亮，历史上活跃在维也纳的音乐大师多得数不过来。但我对于乔一鸣个人的“风景”，却知之不多。

我给乔一鸣发了邮件，说了江晓初的事，求他协助。原本只是投石问路，没抱希望。谁想到他立即答应了，并立即行动起来。就像蹲在起跑线上的运动员，听到我一开枪就飞奔起来，而且不到一个月就办好了三件大事：一是联系好一所学习德文的补习学校，这是考取奥地利大学必须经过的跳板；二是有了住处，老乔说晓初初到维也纳可以暂住他家，他新近在市内三区买了一所小楼，上下两层，楼上住人，楼下办公办报，而且有空房，晓初可以“落脚”；三是晓初还可以帮他的报纸做点事，他管晓初吃饭。

这三件事，可就把那个时代一个年轻人出国在外“人吃马喂”最挠头的事一揽子全解决了。我打电话把肖莹叫来一说，我可从来没见肖莹这么高兴、这么喜形于色过。她没听我把话说完，就要去给晓初报信。她转身过猛，咣当一声撞在门框上。我这屋原先是库房，门框包着铁。我吓坏了，怕撞伤她的脸。她扭过头，幸好脸没破，没流血，但额头很快就鼓起一个包来。她依然笑着。这笑是为了告诉我她没有伤着，还是撞了这一下也丝毫没有惊走她心中的喜悦？跟着，她摆摆手跑了。

江晓初出国之前的两天，与肖莹，请我和家慧在起士林二楼吃西餐，表达对我的谢意，这也是大家为晓初送行的晚宴。当然，对于肖莹就有告别的意义了。

她在餐桌上点起蜡烛。我发现，烛光亮起时，在她眼眶中有一点儿晶莹的闪光。

这天，肖莹对晓初明显表现得有点儿“黏”。肖莹是个羞于表露内心情感的女孩儿，有人说她这个性格限制了她的舞台魅力。舞蹈团的齐长松导演说肖莹如果早恋就好了，唯有恋爱可能改变她。谁料她的天性反而致使她晚恋。可是，今天不同了。她的恋人马上就要相去万里。两块磁铁在拉开之时磁力最大。家慧说：

“肖莹姐，你能不能坐得挨我近一点儿？我和你二十多年没分开过，他与你可才一年。”

肖莹只笑不答，反而挪动一下身子，更靠近晓初。这使我有点儿吃惊。她从来不这样大方和外露。她担心将来这样的机会不多了吗？我对晓初说："你可要保证，将来一定把肖莹接到维也纳去。除非你在那边待不住——回来！"

江晓初带着即将奔赴理想而远行的兴奋，也带着被葡萄酒激发起来的冲动，大声说："我无论在哪儿，肖莹都在我身边，在我心里——有她我才有目标。我一定要让她坐到维也纳的金色大厅里，我发誓！"

他的话，他的誓言，他的真挚，在灯光、烛光和美酒佳肴的五彩缤纷中闪耀着光芒，更在他自己眼睛里闪烁着光芒。这光芒是美丽的、纯真的、毋庸置疑的。可是如果把它放在漫长的时间里，放在曲折复杂、充满尘污、难以预知的生活现实里，还能永葆这样的明洁与清纯吗？我比他们年长一些，经历得多一些，我已经不敢轻易地发出人生的誓言了。我们谁也不知道明天什么样子，对明天毫无准备。我们多半时间是在盲目地前行，看不见水下的险滩与潮流的暗转。爱情就更不可靠。因为，爱是一个人的事，爱情是两个人的事。爱情是把自己的一半交给对方。如果对方把这一半带走了怎么办？

看着笑盈盈的肖莹额头上前两天撞起的那个疙瘩，在跳动的烛光中一闪一闪异常地发亮，我心里隐隐有一点儿不安。

跟着，我又笑话自己——无缘无故担虑什么？江晓初不是和肖莹正在挚爱彼此、追求着他们美好的未来吗？他们的真诚应该被怀疑和猜疑吗？应该举起酒杯祝福他们才是。

二

既然是为自己喜欢的人办事，那就一定要办好。

江晓初刚到维也纳的一段时间，我好像在天天监控着他，我知道他的全部信息。从他闹时差，吃维也纳炸鸡，坐错地铁，以及他所有的衣食住行。这些信息一半来自老乔，一半来自肖莹。更私密的信息是肖莹告诉家慧，家慧又透露给我的。

晓初说，一天空闲，他拿出多半天时间，徒步游览了维也纳市中心那条闻名世界的环形大道——戒指路。当他穿行于那些千姿万态、华美近于奢侈的巴洛克建筑之间，仰望蓝天白云下伫立在楼顶与墙巅的无以数计的古典雕像时，他心里只有一个渴望——肖莹快快来到身边。他要和她共赏。

这个心灵的信息自然来自肖莹。

这一阵子，老乔不断地给我发来邮件。从老乔的字里行间看得出他和我一样——很喜欢晓初。他夸赞他聪明勤快，做事积极主动，不怵与人打交道，而且文笔也不错，写东西不费劲，叫老乔高兴。他这些优点，正适合办报。很快，他就成为老乔一个助手了。办报事杂，既有内勤也有外勤。晓初无论学什么一学就会。不仅能在电脑处理一些文字的收发，编务上的事全能上手。晓初喜欢摄影，也在报纸上派上了用场。老乔说，这种人才在奥地利花钱也雇不到。老乔说不能白使唤人，每月支给他一些零花钱。人在异地，总得用钱。晓初口袋里有钱，便不时去逛街。维也纳是旅游名城，诱人的小店小铺多得是，他经常买些好玩儿好看又有欧洲风情的小东西寄给远在天边的肖莹。如此顺顺当当开始的海外生活叫江晓初天天兴致勃勃。

在晓初心里，老乔是恩人。老乔的夫人待他也十分好。乔夫人的中文名字很美，叫知春，是一位匈牙利血统的奥地利人。金头发，黑眼睛，瘦而轻快，人在好看和不太好看之间，微笑几乎就是她的面容。而且知春是个善解人意和体贴的女人。她和老乔没孩子，全部精力用于操持家务，兼也肩负报纸中与德文相关的工作。她的中文很好，平时在家与老乔用汉语说话。

现在，知春多了一份差事，就是照顾初来乍到的江晓初的生活起居。她在用汉语与他交谈时，有意加进一些德语语汇。他不懂时，她就教给他。她成了他的德语教师。用这样的方式学习外语成效极好。现在，晓初在他的补习学校德语成绩是最优秀的了。

身在异国的晓初，真的没有把肖莹撇在万里之外的国内，而是时时刻刻放在身边——心里。他通过网络几乎天天与她交谈，把他的一切新奇的所见、所闻、感受和感动，尤其是对她的思念告诉她。他告诉她，“现在才知道，真正的折磨是思念”。这叫她流下泪来。肖莹很少流泪，家慧只见过几次，一是她失去母亲，一是由于继母过分地欺负她。这一次，当家慧把她抹泪的事告诉我，我吓了一跳：

“怎么，他们出了问题吗？”

“你想到哪儿去了。”家慧说，“她想他，想得受不了。”

有一次，老乔与我通电话时告诉我，他和知春在晓初外出办事时，从没有关机的电脑屏幕上看见一个女孩子的照片。他问是不是我表妹肖莹。他们说从没有看见这么美的女孩子的照片，不是漂亮，而是美。既有东方的美，也有现代的美。知春说绝对比你们那些炒得火热、搔首弄姿的女明星美。她的美没有任何包装，是一种本色的美。

我说，她气质和品质更好。

老乔问我：

“晓初与她很要好吗？恋人吗？”

“当然。”

“晓初为什么撇下她跑出来？”老乔说，“你表妹为什么同意他出来，他连专业也没有，一切要从零起步。”

“他对国外有很大的幻想，他要去闯一闯。”

“你表妹为什么不跟他一起出来？”

“放不下她的舞蹈吧。她太爱舞蹈了。”

老乔沉下声来，没再说话。

三

女人因爱情而美丽。

爱情使她容光焕发，使她变活泼了，使她的声音提高了两个音阶，肖莹过去笑时是不发声的，现在居然发出笑声了。她还倾心于外表。

或者用一个音符造型的发卡把脑袋后边的头发推上去，露出发际线下长长的粉颈，或者把阿尔卑斯山的山民草编的两三枝花朵的小别针，别具风味地别在淡朱砂色毛衣胸前的地方。先前，她穿什么戴什么，只是一种自享，与他人无关。现在是希望别人看到，这不只是炫耀于美，更是想把带着晓初影子的奥地利风情的小东西戴在身上，叫人看见。

她关不住自己心中的爱了。小小的院子关不住满园的春色了。她想叫心中的秘密公开?

自我们长大之后，肖莹不常来我家。可是从晓初出国后，她三天两头会来，当然更多时间是来找家慧。过去她心里的事很少与人说，甚至不与我们说，现在心里的事却忍不住要说。不过，她们女孩子的事如果不对我说，我也不问。反正都是与他人无关的悄悄话吧！可是一次家慧告诉我一件事，引起我的关注。这是在晓初出国之前，肖莹和他闹过一次别扭。根由是肖莹不愿意他出国。她不同意晓初扔掉自己的专业，到海外去闯荡，没有目标，而且充满风险。但这还不是她最根本的理由。两人吵着吵着，肖莹把压在心里的理由喊了出来：“一个人真爱另一个人时，会抛下她去追求一个不切合实际的空想吗？”

可是，晓初反问她：“一个人真的把自己交给另一个人，为什么不跟着他一起走？”

“你想叫我放弃舞蹈？”

“你想叫我永远给人拔牙、镶牙？”

家慧说，现在我才知道，他们俩一度曾争执得各不相让。虽然没有出现裂痕，但谁也说服不了谁。

我说：“我们可一点儿也没看出来。”

家慧说：“等到他们俩彼此妥协，就笑嘻嘻地来请你帮忙了。”

我说：“不是彼此妥协，最后还是肖莹妥协了，所以现在是一个走，一个不走，把问题交给未来了。这样一来，他们的将来充满未知数了。肖莹是事业型的女孩子，舞蹈是她的生命，她决不会轻易放弃舞蹈，可是江晓初为什么偏要出国，我还是不太明白。”

“国外的条件好呗！成功的机会多呗！谁不想？但是有比肖莹还重要吗？这才是关键。”家慧说，“肖莹姐表面温顺，骨子里很拗，但是她最后能对他做出妥协，让他走，还求你来帮他，是因为她太爱他了。”

“所以我说肖莹有点儿宠他。”我说。

“只求老天善待肖莹姐。”家慧说。

“老天是靠不住的。”我说。

一天，肖莹抱来一个大纸盒。解开亮光光的丝带，掀开盒盖，随同着喷涌上来的五光十色是一种异香，令人愉快地扑在脸上。她伸手从盒中拿出一件颜色搭配得很协调的毛衣和毛线帽，还有一盒莫扎特巧克力糖球，往家慧怀里一塞。跟着把一包花种也塞给家慧，说是这些花都是上奥州田野里的花，非常好看，是晓初送给我母亲的，花种的包装袋上印着各种各样诱人的奇花异卉。晓初怎么知道我母亲喜欢种花养花，显然是肖莹告诉给他的。晓初送给我的礼物有点儿重。其中一盒是音乐光盘，是我最喜欢的奥地利指挥家卡洛斯·克莱伯的作品。我痴迷小克莱伯胜于卡拉扬——这一定也是肖莹对他说的。还有一本厚厚的《奥地利古典建筑》，既精美又专业，细节很多，更是我需要的。我明白，这里边表达着他们对我的谢意。

肖莹一边把礼物从盒子里一样样拿出来，像圣诞老人那样分给我们，一边说：“喜欢吗？真的喜欢吗？”我们说喜欢，她便说：“太好了，我回头告诉晓初，再买些好玩儿的东西给你们！”我很高兴她现在这样子。她是他们的主人。

这时，她突然向我们伸出左手。

她的手很美，白嫩的手指又细又长，指尖向上翘。忽见，她中指上有一个东西，晶莹夺目，像阳光下的水滴散发着细碎而璀璨的光，是一枚戒指！家慧叫道：

“订婚戒指吗？这就是奥地利水晶吗？”

肖莹眯着眼笑，什么也不说，好像期待着家慧说出过分的玩笑。

江晓初一帆风顺，时过半年，已经是《欧华周报》的一员得力干将了。从组稿、校对、编发、请人排版，到跑印厂和组织运输，全拿得起来了。

人的能力一半是老天赋予的，一半是命运造就的。勤快、主动、上进，大概都与他孤儿的身世相关。当命运夺走他的一切的同时，一定还把个人的能动性灌注到他的身上。

老天赋予他的还不止于此。还有亲和力，足够的精明，人又长得英俊，如果合作对方是女人，他办事就若有神助。他有点儿女人缘。而且，不知为什么，他在拉广告方面似乎很擅长，他还有经济头脑吗？这半年多，《欧华周报》在他手里广告收益直线飙升，报纸的广告版面已经不够用了。报纸广告愈多愈好，便加了一张报，扩了四个广告版面，可是广告还是挤得满满的。这些广告无形中催动了欧洲华人圈经济的相互沟通与往来，报纸的经济潜能便被开发出来。这意想不到的效应也给老乔开了窍，他决意用报纸给欧洲的华人经济搭台。报纸随之大大获益。

多年来，联系法德一些国家办报的事都由老乔亲力亲为，他里里外外早跑累了，现在就把这些差事交给这个颇有创业欲望的年轻人干。晓初出差跑了几趟法国和德国，很快就把那里的实力雄厚的唐人街调动起来。他虽然不懂报纸，但他凭着悟性明白，谁被报纸“弘扬”，谁就会关心报纸。他给老乔出主意，明年要扩大董事会，拉几个欧洲最强势的华人企业、华人商会、中国餐馆的老板进入董事会。

这期间，相邻老乔家不远的一个小楼出租，虽然这两层小楼房间不多，但有个挺宽敞的小院，租金便宜，现在老乔手里有钱，报纸的前程光明，就租下了。跟着又买了一辆二手的大众牌商务车，深蓝色面漆，八成新，又能用来办事，又能拉货。看来，老乔野心勃勃，真的要升旗击鼓大干一番了。

他把报纸的办公室从自己家中搬进了新楼。晓初也随之搬了过去，这一来无论生活和做事都独立起来。老乔和知春还教会晓初开车，出门办事方便得多了。自晓初来到维也纳，才大半年时间，居然有一个单独的小房小院，有车开。家慧说，她从肖莹那里看到一张照片，晓初站在报社小楼前，穿一件棕色的粗呢西服外套，倚在车前，神气十足。老乔和知春把这个突然降临到身边的极具才干的英俊年轻人，看作是上天对自己的恩赐。他们决不肯亏待他，一改原先的零花钱为一份不薄的工资，还给他设了保险。他已经不再上补习学校了，吃穿不愁了，这算不算“稳定”了？是不是该把肖莹接来——哪怕先接来看一看呢？

我知道的这件事都是老乔时而发来的邮件告诉我的。打肖莹嘴里却听不到多少信息。她天天依旧如常地上班、忙着团里的事、练舞、在市里或到外地演出。偶尔从报上得知她新创作的舞蹈《孤独的白孔雀》很成功，受到好评。一句评论说她“意象地塑造出一种孤独美”，给我印象很深。以往肖莹有新的作品，都会邀请我们去看。这次可能她忙，没有送票给我们。我便叫家慧买票，我们悄悄去看。这个舞蹈是她的独舞，从头到尾舞台上只她一个人，像杨丽萍的《雀之灵》。她用绝对纯粹、柔软又坚韧的身体语言，一种含着苦涩的柔韧的律动，表达出一个灵魂的无依无靠。在背景浩荡的江天中，这只失群而落寞的白孔雀，经历苦苦寻找，不断挣扎，求助无应，陷入绝望，最后在一片虚幻中渐渐化为一种孤独的“美”。这美是从孤独中升华出来的吗？

我真的被她这个舞蹈强烈地感染了。

我带着诧异对家慧说：“她从哪里获得灵感呢？”

“反正不是从她自己身上。”家慧说，“她说，晓初想接她去维也纳过新年呢！”

这可是好事。他们之间纠结的难题是否会由此一点点松解开？

四

怀疑是事物第一条裂缝。

十二月中旬，肖莹打算去维也纳了。各种兴奋的想象使她的脸上藏不住笑容。晓初在维也纳那边把机票已经订好了，订的是奥航。肖莹向团里请了假，她要在一月中旬回来，晓初给她买了一月二日金色大厅新年音乐会的票，兑现他当初的诺言。这件事可在团里闹开锅。团里谁也没见过晓初，到处打听。舞蹈团里的几个平日与肖莹相好的姐妹还要在成桂餐厅和她撮一顿，给她送行。

晓初告诉肖莹，说他这两天要去一趟法国，办一件急事。由于这件事与新年第一期报纸的出报相关，他必须亲自去解决。他一定快去快回，保证三天后回到维也纳，转一天一准儿站在施韦夏特机场的候机厅里迎接她。

算起来，加上飞机飞行的九小时，还有七天半。又短暂又漫长。可是，就在晓初到了巴黎的第二天，老乔发来一个加急的邮件，说晓初被巴黎那边的事绊住腿了。这几天回不来，哪天回来说不好，请我通知肖莹先把机票退了，具体改在哪天再说。我一听到这消息有点儿懊丧，但事出意外，总要顺应。我提醒老乔一句“年前机票会很紧”，老乔只回答两个字“知道”。

这个变化很突然！有点儿猝不及防，使肖莹一阵手忙脚乱，但忙乱过后，海外并无信息。老乔说晓初还在巴黎，那边事情棘手，正在排难解纷。可是晓初在巴黎自己可以来个电话呀，以往他去德国法国，都会给肖莹来电话，有时一天两个电话。肖莹请我催问，会不会出什么事？“出事”这两个字一说出口，立即叫人不安。

我觉得肖莹的想法合理，我当即给老乔发了一个邮件，追问究竟。没想到竟然得到一个莫名其妙的回答：“告诉肖莹别着急，现在来帮不上忙，只有帮乱。”

帮不上忙，什么忙？什么乱？难道真的出了什么意外？是麻烦，还是祸事？我感觉不对，我能直接得到消息的只有老乔，但老乔为什么不回答我？连对我也不能说的一定不是好事。

可糟糕的是，当时肖莹就在我身边。老乔写在电脑屏幕上的这句回答肖莹全看见了。

家慧在一边说：“乔大哥怎么这么说话，什么事还要瞒着大哥吗？肖莹姐去怎么会是帮乱？再问问他，晓初这是什么意思？”

肖莹没出声。我扭头见她脸色发青，嘴巴闭得很紧，似乎憋着一股气。我悄悄打手势叫家慧别再出声，我也不发表意见。冷静了一会儿，肖莹忽然说："我先回去了。请帮我告诉他们——我不去了！"不等我再说什么，她围上围巾，走了。

她关门的声音很响。

接下来的一些天，感觉不好。空无信息，出奇平静，莫名其妙。尤其是老乔，支支吾吾，躲躲闪闪，似有难言之隐。他说的远没有我问的多。他愈说"其实没有什么大事"，我愈胡乱猜疑。后来他向我透露出一点儿"麻烦的原因"，是他们与报纸的法国合作方产生纠纷，很麻烦，很缠手。这话还靠点儿谱。这纠纷是不是晓初工作的不当造成的？如果源自晓初，晓初理所当然要去处理，排难解纷，把事情摆平。但是晓初自己为什么没有消息呢？其实如果他打一个电话，一切释然。谁都可以理解。特别是只要给肖莹打个电话，哪怕只说一句话几个字："我一切都好，你放心。"各种猜疑、担心和不安就都没有了。他为什么不给肖莹打一个电话，为什么不露面，他不知道肖莹最希望什么吗？爱，对于对方都是心领神会的。

但是没有。却只有一句"不要帮乱"，形同一个拒绝的手势，伸到她的面前。

这使她内心生出的委屈、愤怒、自尊走到前面。她不再询问，甚至不再猜测。晓初愈没有消息，她心里的犟劲愈强。她好像需要这种犟劲保护自己。她决不给晓初那边打电话，甚至不到我家来了，显然只有我们关切她这件事。

她不提，我们不提，但有人关心。不多天前，她向舞蹈团里兴致勃勃请了假，准备远赴重洋，去上演自己人生华彩的乐章，现在却一下，像一片灯全关了，了无声息，只有她自己孤单和沉寂的身影，就像她在舞台上那只白孔雀在音乐戛然而止时定格的画面。私下里，一定议论纷纷。人们猜到她突然遭遇变故，却无人敢问一问这位十分自尊的女子。

此时她是超敏感的，这一切她都感到了。

新年过去了，春节一天天临近。本来晓初与她说好，在维也纳过了新年，然后一起回国过春节。整个行程包括每天的节目他们都已定好，甚至中餐和晚餐在哪里吃都确定了。晓初给她安排在分离主义美术馆附近的一个四星级小旅店，叫“贝多芬旅店”，分外优雅和舒适，具有美妙的古典音乐的氛围。据说二楼古色古香的客厅里摆着一架黑色钢琴，还是贝多芬弹过的。晓初说，一定还要用一天时间带她出城去“瓦豪河谷”，叫她感受到一次“多瑙河的震撼”。一切都说得言之凿凿，现在全成了空话甚至是谎言！

一天，她一个人坐在屋里，忽然忍不住了，就像满天堆积的乌云忍不住要下雨那样。她抓起电话，一下子打到维也纳《欧华周报》的办公室。事情刚出来时，她从早到晚不停地、发疯般地拨打这个电话，但电话像死了一样，始终没人接。今天一定还是这样。但这次铃声只响了三下，立刻接通。对方有人在咔嗒声中拿起话筒。肖莹怔住，说不出话来，只听话筒传来一个声音。是一个女人的声音，用德语。肖莹不懂德语，以为是对方的接听录音。她下意识地问了一句："是《欧华周报》吗？"

对方竟改用华语："我是《欧华周报》，您找哪一位接听？"

这是一个中国女人！听口音是港台腔，很柔和、客气、彬彬有礼，语速缓慢。报社哪来的女人，怎么没听晓初说过。

肖莹说："我找江晓初。"

对方说："噢，您找江晓初先生，对不起，他现在不能接听，他在睡觉。"

肖莹先是一怔，原来晓初在维也纳，而且就在报社！他为什么不给自己打电话？她有点儿冒火，心想：这女人是谁，怎么能拦着晓初与自己通话？她说："我就要他现在接电话！"

对方似乎含着笑说："对不起，女士，现在凌晨五点。您是哪一位？"

对了，中欧之间有时差，维也纳正是凌晨。可是凌晨这女人怎么会和晓初在一起？睡在一起？她脑袋轰的一声好似热血冲上来，她直问："你是谁？"

"聂宛如。"她柔柔地说，"我是报社办公室的秘书。您呢？"

肖莹已经控制不住自己。她好像已经看见在床上晓初拥着被子呼呼大睡的样子。完了。自己彻底被欺骗了！她啪地摔了电话。

我是十多天之后知道的这件天塌地陷的事。是肖莹主动告诉给家慧的。她不主动对我说，她知道家慧会告诉我。家慧说，她约家慧到一个日本料理馆子里，把那天凌晨通电话的全过程原原本本告诉给家慧。她出奇的平静，说话不动声色，好像说别人的事。她能用十天时间就把心中的一块腐肉剜出来扔掉，中间经过怎样的痛苦与抉择，可以想象得到。现在她浑身上下已经没有一点儿奥地利的影子了。她穿一身深灰，墨色的长大衣，一条浅灰色的围巾。没有任何饰品。苍白的脸有些瘦削。她似乎为自己的昨日送葬。

家慧说："我蛮佩服她的。这件事对于她像脱了一层皮，但裹着这层死皮她没法活下去。"

我惊讶又愤怒，可是我还是觉得这件事挺蹊跷。原本肖莹即刻就要奔赴维也纳，开始她与晓初的浪漫之旅，怎么会突然蹦出这个聂宛如？不可思议的变化！一件事从一个极端跳向另一个极端，中间一定有一个非同寻常的缘故。这里边会不会有一个天大的误会？可是晓初人在维也纳，却一直没有电话，而且凌晨与一个陌生女子同睡在房间里，这是事实，千真万确的事实！怎么解释这个事实？只有问老乔。我给老乔打电话，把肖莹与这位聂宛如通话冲突的事，以及肖莹现在的态度统统告诉老乔。没料到老乔竟然说："只能是这样的结局了，肖莹认可了，便是最好的结局。"

他还是没告诉我事情的真相，也不对晓初的态度做任何解释，甚至绝口不提聂宛如是什么人，似有难言之隐。我想不出这件事的真正原因。凡我能想出的种种可能，最后都被我自己否定。我甚至想远赴奥地利去探明究竟，但我还能够拯救这场情感的灾难吗？能使这已经摧折的树木生还如初吗？看来一切无可挽回了。事已如此，只能顺其自然。我无须再刨根问底，只望我的表妹少受伤害。

五

生活不知不觉地翻过了一页。

在它万花筒般眼花缭乱的变化中，最根本的变化还是在我自己身上。

我的妻子费尽心机，终于从她工作所在的无锡调回到我身边。我们买了房子，由父母的家里搬了出去。我们把存款几乎用光，加上贷款，只能在接近西郊的新社区柳江东买到一个两室一厅的公寓房。还好！这个新建小区的风格倾向于当今世界流行的简约明快的现代风格，很契合我们的口味。这样一来，我们的兴趣与时间便全投入新居的室内设计与装修上了。

我从父母家里搬走之后的一年，妹妹用我腾空的那间屋子结婚了。跟着是父亲患病，半年后离世。母亲由家慧陪伴。家中的男主人换成妹夫，几十年里形成的家庭格局根本地改变了。

我离开了自己出生、童年、少年和青年时代经历过的老街，也离开了街上昔日的邻居与熟人。其实这些年来，街上其他人家也在渐渐改换门庭。每个家庭的变化的原因不一样，有的老人走了，有的人嫁出去，有的南下求财，有的换了新居搬到外边去住，那时全国城市都在大拆大建。肖莹也搬走了，她的原因是一种被迫。随着她年龄增长，又一直单身，来自继母的压力一天天加大。在她离开老街的那天，感觉自己有点儿像逃跑。她经济能力有限，买了河西老居民区一个二手房的独单。家慧去过她家两三趟，据说“挺惨”。幸亏肖莹是情调主义者，把一间小破屋收拾得有格调，还温馨。

经过那场变故，我们的关系变得渐渐疏远。可能我们都怕再碰那件事，不能谈，也无法谈。我总觉得有愧于她，如果不是我当初把晓初介绍到维也纳的老乔那里，也许就不是这样的结果。她似乎也在回避我，为什么回避就猜不透了。这种非常不舒服又无法说清的感觉成为我们之间的障碍。障碍愈被搁置就愈无法逾越。家慧劝我不要多疑，肖莹其实在回避所有人，回避所有知道她这件事的人。听说现在她很少到团里去了。

我差不多每周一次回到老街上看望母亲。肖莹很少来我家，很难碰上。只有逢到中秋和春节两家老小相互探望时，偶然能见到她，聊一会儿。一开始，总会话锋躲躲闪闪，好像什么地方有个伤口，害怕碰上。聊着聊着，便没什么可聊的了。

每次见面，都是她自己。她一直一个人？这两年，我在报上几乎没有看到有关她跳舞的消息。

过了许久许久的一天，忽然收到一封信，这大概是我有生以来收到她的第一封信。打开信封，是一场音乐舞蹈晚会的请柬。封皮淡蓝色，印得清新、素雅又精致。上边只印了晚会的名称："春天来了！"还有一封超短的信，更像便条，夹在请柬里，只写了一句话：

表哥表嫂：今晚是我的告别演出，欢迎你们光临。肖莹。

我一怔，“告别”二字很刺眼！为什么是告别演出？她要离开舞蹈，永别舞蹈吗？这不可思议。当年在她纠结在挚爱的男人与舞蹈之间时，她都没有离开舞蹈，现在为什么？是被迫还是源自一种抉择？什么理由叫她做出这样自杀式的抉择？

这晚，她出演的节目仍是《孤独的白孔雀》。随着音乐她一跳起来，我就感觉已经不再是先前那只白孔雀了。

这只孤独的白孔雀一开始就不再痛苦地挣扎，而只是陷入一种迷茫。苦无出路地彷徨，失魂落魄地游荡，漫无目的地寻求。但如今的它，不再被孤独折磨。孤独不应该是终结。生活有无限可能。当昨天成了绑在身上沉入江底的沉重的巨石，为什么不解开绳索，卸下重负，凤凰涅槃，迎接新生？

她用舞蹈语言诉说自己不同以往的全新的思考。她自我表述的能力很强。我看明白了。

在独舞的结局中，她竟然在一片烟花般夺目又绚丽的光彩中，战胜自我，获得解脱，腾身飞旋，翩然起舞。说实话，这个结尾丝毫没有打动我。上一次看过她这个独舞，那只白孔雀在绝望的黑暗中陷入孤独、苦苦挣扎的形象曾扎进了我的心，我有去营救的感觉。但现在这只孔雀叫我感到肤浅，落入俗套，空洞无物。

我对这个舞蹈的结局更加莫名其妙——原先，她把孤独作为人生一个哲学的命题，她把孤独的灵魂深切地演绎出来，答案交给观众去寻找。现在她自己站出来。她在用一种世俗的欢愉来破解自己吗？

我不喜欢这个舞蹈，舞蹈后边没有思想。可能我们疏离已久，有隔膜了，我已经不大了解她了。

生活本身从来是强势的。现在更是一个生活强势的时代。不服从它一定是悲剧，顺从它往往也是悲剧。

四个月后，我又接到一封信，里边还是一个请柬，仍然是肖莹寄来的。一看请柬我就傻了——是肖莹的结婚请柬！地点在五大道的玫瑰别墅，时间就在本周末的傍晚。男方的名字有点儿熟，马上又想不起来，叫作梁丰登。请柬里依然夹着一张字条，依然是只写了几个字："希望你自己来"。

什么意思？猜不出来。

周末五时，我开着车从马场道桂林路口驶入五大道地区。这个自 20 世纪初叶租界时代开辟的富人区，现在已过去百年，里边充满了历久年深、厚重又沧桑的历史气息。驱车穿街而行，风格不同的历经百年的花园洋房从车子两边掠过。虽然这些建筑在我上大学时做过调查，都很熟悉，但有时历史的事物反而比新事物更有"新鲜感"。时值初夏，天气和好，摇下车窗，马路两边的槐花盛开，浓郁的花香涌进车子，沁入心肺，好舒服！这时，我发现街上车子渐渐多起来，而且都是好车、名车。这些车都是来参加肖莹婚礼的吗？玫瑰别墅可是个超级的五星酒店啊，这绝不是一般规格的婚礼。这时，我忽然记起肖莹这位新郎，梁丰登是一位大地产商。我脑袋有点儿发蒙，来不及把一时乱糟糟的思绪厘清，站在街道中央几个穿黑色制服的交管已经伸手把我的车子拦住。

一个胖胖的中年交管向我要请柬，我拿给他。他看了看印在请柬左下角的编号，扭头对他身后另一个交管说：“前五十号的，放行！”

噢，前五十号，大概我是贵宾。

玫瑰别墅就在前边不远，这条街临时已被禁行，只准要客进入和停车。谁能请来交管把一条街管控起来？这足见婚礼主办者的势头之大，非同一般。

玫瑰别墅是五大道规模上数一数二的花园洋房。建筑是西班牙地中海风格，结构错落分明，铺着深红色粗大的筒式陶瓦的屋顶，淡米黄色的抹灰墙，使得中间黑色铁艺的门窗和护栏醒目、大气、优美。前院有石雕的喷水池和爬满紫花藤萝的廊架，后院是开阔的草坪与高大的郁郁葱葱的黑色杉木。谁都知道，在这里举办婚礼不是为了婚礼本身，而是为了摆一个场面给人看。据说这房子是民国时期一位大盐商的旧居，此地是闻名海内的盐都，大盐商们富可敌国，个个家中都极尽奢华。虽然经多世变，房屋易人，豪门贵胄的气息却犹然未已。这里我只来过两次，都是陪外地的访客来用餐。我喜欢一楼客厅铺地的釉面的红缸砖，城堡一样浓重的墙，石头砌的大壁炉和粗粝的铸铁饰件。再有，便是它宏大的院落，前后临着两条街，自然构成了一块鸟儿们的安栖之地。虽然这房子地处城市的腹地，却可以听到许多鸟叫。

穿过长长的用玫瑰花枝编织成的甬道，随同纷纷而至的来宾一起来到后院。天色未晚，一些聚光灯已经把草坪中央一大片照得鲜碧耀目。四外全是餐桌。五颜六色的酒食、华服盛装的宾客、生气盈盈的鲜花气球，被四边高耸的杉木衬托得鲜明又华丽。男侍者一色儿黑色的燕尾服，女侍者一色儿白色长裙。男女侍者胸前一律别着一朵此处具有标志性的红玫瑰。一支小乐队在花园一角舒缓地演奏着背景音乐。

这样的婚礼场面十分罕见，看上去很像欧洲豪门庄园在举办什么家庭盛事。

我看看现场的人基本上全不认识。看得出来，大多来宾都是新郎一方请来的商场中人，全是盛装艳服、珠光宝气，叫人不好接近。我拿了一杯香槟，在人少的地方择一张桌旁坐下。

来宾愈来愈多，渐渐开始遮挡视线。一直没有人认识我。忽然一个胖胖、秃顶的人朝我笑嘻嘻地说：

“您是不是大华的冯总？”

这胖子不等在尴尬中的我摇头否定，便说：“哈，错了错了，对不住！”扭身走了。他走路的姿势有点儿好笑。

这时，忽然掌声四起，坐在椅子上的人全站起来，好像要升国旗。站在后边的人踮脚引颈，向前看。

在灯光的聚焦中，今天的主角从楼里走了出来，音乐伴奏随之而起。由于很多人向前簇拥，半天才看出新郎，一个穿着深色西服、系大红领带、身材挺高的人，面孔无法看清。还有主持人，我一眼就认出来，这是一位太出名的电视主持人。他不在北京吗？高价钱请来的吗？怎么看不见肖莹呢？她被挤在人群中间了。

忽然，我这边的人群往后退，肖莹在那边现出了身影。她像在舞台上那样一露面就光彩夺目。但是她没有如想象的那样身穿雪白的婚纱，只穿一件缀满金色小花的淡紫色的连衣的长裙，反而更美，更贵气，也还适合她的气质。我注意到，她今天的着装，没有刻意显露她可以为之自豪的线条优美的身材。略松的衣裙似乎想使自己年龄大一些，刻意要接近新郎梁丰登的年龄吗？

第一次见梁丰登。

这个人形象能够清晰地传达出他的信息。他肌沉肉重的脸饱经风霜，结实的筋骨久经历练，摇摇摆摆的走路的架势显现出心中的志得意满。他没有初做新郎的拘谨，他现在的神气好像在企业的年会上看望他的职工。他是二婚吧，应该是吧，他绝对有五十开外了。

没等我去想他和肖莹是怎样形成的结合，来自京华的仪表堂堂的主持人，以他出色的口才和悦耳的男中音，把所有人的注意力都吸引过去。婚礼没有惯常的俗套的证婚人讲话、开香槟酒、致敬双亲、放烟花等仪式。这恐怕是肖莹的风格。她讨厌这一套。于是，这个婚礼的全过程便在主持人出色的串场、即兴的发挥与优雅的玩笑而引起的阵阵欢笑中完成。

婚礼仪式的最后，主持人请新郎“梁总”出面表示答谢。梁总一开口，便叫我一怔。他说：“我梁丰登一辈子有三件福事。头一福是我娘生了我。”

这话说得简单，却有情有义。于是有人叫好，有人鼓掌。

新郎梁总接着说：“我的第二福，是我拿下了金街上那块地。那块地叫我梁某人走上了金光大道。”

这话一出，没多少人呼应。发财是个人的事，跟别人也没关系。再说，这事跟你娘生你怎么比？

我是做建筑设计的，常跑工地，和不少干建筑的老板都熟。这些人都是直肠子，就这么说话，尤其他是大老板，说话更是由着性子。可是肖莹怎么会决定和这样的人一起生活？

下边他要说的第三件福事肯定就是肖莹了，只见他兴高采烈说起来：“我第三个福就在眼前。我一辈子做梦都是娶这样的老婆，前半辈子打灯都找不着，今天天上掉馅饼了，我梁某人不再做梦了。”他在大家的笑声中，说出他下边更痛快的话："我梁某人从今天决不叫她再跳舞了，我叫她在家里享清福，给我老梁生儿子！"说完手一挥，很爽。

有人叫好，有人给他鼓掌，有人议论。我听呆了。这是肖莹要的吗？她知道他的想法吗？想到前几个月去看她"告别演出"，想到她那只莫名其妙的白孔雀，今天有了答案。但是她为什么做出这样的选择，她现在应是什么心情？

乱哄哄的婚礼晚宴中，开始了草地舞会。人们的注意力都在舞会上，我想悄悄溜掉。这时忽然听梁总在前边拿起话筒说话。他可能酒喝多了，声音有酒劲儿，话筒离嘴太近，声音很响，说的话没头没脑。他说："有人对我不叫肖莹跳舞，对我有意见。今天是大喜日子，我不跟人争，而且我开禁！我叫肖莹再跳最后一次。谁想跟她跳，跟我说……"

他说得慷慨，又随便。

不等有人开口，肖莹忽然说：

"我自己挑舞伴儿！"

大家全怔住，静场，瞪大眼等着看谁是这个幸运者。肖莹忽然一指我这边说："我请我表哥跟我跳。"

整个花园里的人都望着我。我奇怪，我一直躲在人群里，她怎么知道我在这边？我不知所措，只见肖莹从草坪上过来，她很美，含笑地走来，牵起我的手，我们一起走到草坪中间，乐队奏起了音乐，轻快、优美、一如流水般的《在水波上》。我们一同随同音乐起舞。我的华尔兹还可以，但许久不跳，又当着这么多人，心里发怵，步子就不顺畅了。所幸肖莹浑身全是舞蹈的感觉，不知她用什么办法，很快就把我融入音乐的节拍与跳舞的韵律中，并神奇地使我渐渐产生跳舞的快感。

我开始定下心来，去注意她的神情了。我发现，在这世俗的场面里，她没有任何被动、反感、勉强，也没有任何隐含的不适。可是我不相信她会安于这样的现状，乐于这样的生活，选择这样的未来，这不是她！除非她已经不再是原先的肖莹。如果她真的改变了——到底是生活改变了她，还是她改变了自己，为什么？就因为江晓初的背叛，就从一个极端跳向另一个极端，不再相信自己昨天的崇尚，抛弃心中一切金银绯紫，向原本对立的东西投诚，这不是毁掉自己？我不相信！我忍不住要问她，但我对她的问号太多，从哪里问起？怎么开口？这时，我发现，她似乎不想与我做任何交流。她约我来参加这个婚礼，就是想叫我看到她选择的生活。她把她的明天也告诉我了。我还发现，她眼睛的深处原先那个不停跳跃着的、亮闪闪的、充满魔力的精灵——舞者的精灵，现在没有了，空了。

在音乐旋律的起伏中，我望着这个与我相拥起舞的女人，她的气质还是那样优雅脱俗，脸儿略施粉黛，依旧娴静姣好，只是少了一点儿东西，一种孤芳自赏的孤高的东西？属于她灵魂的东西？灵魂这个东西看不见抓不住，原来说没就没，你甚至不知它何时、因为什么没有的。

一旦没有了，一种曾经无限美好的东西像一片灿烂的光和影倏然远去。

六

有时，生活的真相不如不知。

我用手机上的电筒挨门挨户地寻找门牌号。

维也纳城中这些老街是一种真正的活着的历史。参差错落的老房子们全都斑驳如画，蜿蜒的街面不是铺着石板，就是凿满小而方又坚硬的石钉，这些石板和石钉历久磨光，古老苍劲，好像条条街道通往哈布斯堡王朝。街面下陷的地方，雨后积水，在路灯幽暗的照射中，反着光亮。

我终于在手机射出的光束里，找到了“47”号。一个蓝底白字的搪瓷门牌钉在暗红色的老门板上。一株很粗壮的大叶梧桐高出院墙，并把它凋落的黄黄的叶子，随意地洒落在院墙内外和墙头上。树后边是一幢两层小楼。灯火依稀，树影模糊。这显然就是老乔在异国的老巢了。

我第一次到维也纳，我最关心的自然是奥式的建筑，他们的古典和现代的建筑，还有这次在维也纳举办的国际研讨会的主题“城市个性与建筑师的个性”，对我有分外的吸引力。我平日在这方面思考得很多，我为这次会议准备的论文得到各国同行的好评。

这是我来维也纳的公务。我还有一个藏在心里的“私务”——寻找昨天留下的那桩不幸事情的真相。尽管此事早已时过境迁，一切全都木已成舟，而且人家肖莹自婚礼那天的舞会之后，即与舞蹈绝缘，销声匿迹，早已是一位标准的富家女子，而且生下一儿一女，锦衣玉食，活得滋润快活。这世上，偶尔为她遗憾和发出叹息的只有我和家慧了。我为什么还要来老乔这里探寻究竟，还想追回昨天吗？

在老乔堆满书籍、报纸和资料的客厅里，我望着这位十多年未见的老友。不用回忆，昔日的交情又来到身上。在不大明亮的光线里，他的脸色灰暗，皱纹显得很深。我们都说自己老了，其实他真的更“老”一些。在世界任何地方，普通人都不会养尊处优，很难白白胖胖，更何况在异国他乡。文化的磨砺看不见，却会更深刻。我们相互关切地询问了对方的家庭、工作，也谈了谈自己。我初识知春，这个奥地利女人给我的印象分外好，她显然是个善解人意的女人。她给我们烧好茶，桌上放些零食水果之后，便说要去帮老乔看稿子上楼了。她知道我们有话要说，把空间留给我们会更方便。

进入一个不知深浅的话题总有些费劲。何况这个话题里遗留过去一些“碐磳”与别扭，当然更多的还是谜。还好，老乔比我强，他天性爽直、性急，在我支支吾吾不知怎么开始说的时候，他忽然说：“不管在这中间有多少误解、避讳、无法说、不能说，都是过去的事了。原本怎么回事一揭开就全明白了。”老乔接着说：“我托人打听了，知道你表妹现在都当两个孩子的妈妈了，过得挺好。你我还有什么不好说的，而且我应该叫你知道全部真相了……”

“就在我们高高兴兴，准备晓初从巴黎一回来，就迎接肖莹来维也纳。维也纳的新年非常具有古典气息，我们为肖莹准备好一系列别具风情的节目。晓初连金色大厅新年音乐会和音乐厅的新年舞会的票都拿到手了。就在这关口上，晓初出事了！是的，出事了！而且出了大事，几乎要了命！你别急，事情过去快十年了。这都是过去的事。你听我说……

“我一直后悔，如果当时不叫晓初去巴黎，一切事过了年再说，就什么事也没有了，但我们报纸在法国的合作方一定要晓初去一趟，研究第二年董事的名单。这里边的关键是，明年报社准备新增加两位董事，都是晓初个人在巴黎联系的企业老板，也是我们报纸最有实力的广告客户。可是，法国合作方认为这两位董事人在法国，应该归他们管，我们认为业务是我们联系的，不能给他们，这里边当然有利益问题。如果董事名单定不下来，明年第一期报纸就不能出报。只好派晓初去协商。晓初到了巴黎，怎么也谈不拢，双方争执不下，晓初有点儿年轻气盛，吵了起来，事情僵住了。据说当时吵得很僵。我电话叫他先回来，过年再说，因为肖莹马上就来了。谁料当晚晓初在他住的巴黎十三区那边吃点儿东西，回旅馆的路上，忽然几个人把晓初围起来打了。这几个人下手很狠。当时街上黑，什么人根本看不清。他们只打人，不说话，也不知是哪国人。等警察来了，打人的人全跑了……

“打得太厉害了，一个人用的是铁棍，晓初左边脸血肉模糊，耳朵打烂了，肾打坏了，膝盖也断了……

“不，不是打劫。打劫的人不伤人。我们又不是当地人，没仇人。我们想到可能是谁干的，但没有证据，无法告，告错了更麻烦。当时，晓初已经人事不省，警察从他身上的名片看到报社的电话，打过来，我连夜赶过去，急救三天，保住了性命，然后租一辆医用车把他弄回维也纳。你是没看见晓初那个样子，真是太可怕，太惨了。家智，当时我就在那样情况下，在巴黎、在车上、在医院，与你通的那些电话。你想，当时我能把真实情况告诉你吗？在晓初醒过来时，对我说的第一句话就是千万千万别告诉肖莹，别告诉你……

“最初那些日子，我也无法向你解释这是怎样一件事。等到晓初的伤基本稳定，他那张脸无法看！那些可怕的伤口，缺一个耳朵，左肾割去，腿也瘸了。他像一个压烂了的破纸盒子。我看着他，心里明白，此生此世，他与肖莹的缘分算完了。我想，不管你怎么想，怎么责怪我，也决不能告诉你。叫肖莹知道真相就如同杀了她。晓初是孤儿，回去找谁去，还不是叫肖莹伺候他终生？我下决心，这事我担着了。他去巴黎是给报社出差，报社应该担着。但晓初和肖莹他们俩的事怎么了结，我没办法。那天，肖莹的电话撞上了我们报社的女秘书聂宛如，产生了误会和冲突。我想，这也许是个歪打正着，就这么歪打正着吧！正好把他和肖莹的关系断了……

“这十年来，晓初一直在我这里。干报纸的事，报纸养着他。他不能再跑外勤，腿瘸了，脸上那样，怎么跑？他只做内勤，从编稿、排版到校对全是他干。聂宛如是个太好太好的女孩子，香港人，我的一个朋友——香港一位摄影家介绍来奥地利学音乐的，在我这儿打零工。这女孩儿温顺善良，她同情晓初，常因他偷偷抹泪。这些年一直给他做饭，帮他生活，给他鼓励。他们俩都住在报社。她从未想过离开他。她音乐也不学了。我也不知道这样下去怎么办。我想，她对他再好，也不会跟晓初结婚。晓初已经没法结婚了，结不结婚有意义吗？对他二人谁也没意义。可是，这么下去到哪一天？怎么终结？想也不敢想。如果有一天她真要远走高飞，晓初会不知道怎么活，为什么活……

“哎，我陪你去见一见晓初好吗？他已经知道你来了，你也给他一点儿力量吧……”

我没想好，怎么给他力量。这个突如其来的故事已经把我击昏。十年前天降的横祸，现在才真正落在我的头上。今天听起来，好像眼前刚刚发生的一般剧烈与刺激。我有一种扛不住的感觉，身体晃晃悠悠，脑袋里一片混乱，跟着老乔，从他那个小小的充溢着浓郁的木头气息的老楼里走出来，穿过透明的夜色，走到另一座同样古老的小楼前。老乔按响门铃声，听到里边有人从楼里走出来。老乔忽对我加紧叮嘱一句：

“千万别提你表妹！”

这像一句警告。

没等我弄明白这句话，门儿开开，一个中等个子、微胖、身穿浅色长衣的女子站在门前，请我进去。她就是聂宛如，简单一两句见面话，从她的声音和语气中就知道是一位性情柔和的人了。

推门进去就是报社的办公室。房子又大又高，和老乔的客厅差不多，但这里有些阴冷。是由于这座楼朝北，还是没亮顶灯，光线昏暗？屋里到处堆满报纸、材料和文件，中间几张办公桌，黑影重重中只一台电脑亮着，有点儿冷寂和怪异的感觉。没看见晓初，他在另一间屋里吗？忽然听到前面一个声音：“您请坐吧。”

声音是从靠里边的一张桌前发出的。我的目光从一摞摞码得很高的报纸上边越过去，看到一个人坐在那边、上半身的身影。他侧对着我，他肯定就是江晓初。但我从他的声音已经听不出是晓初。我记得当年他的声音兴冲冲，但现在的声音低沉而疏远。

他显然早已坐在那里了。他是不是坐在一张轮椅上，我看不清。他侧对着我，显然为了避开他左边受伤而难看的脸。他的头发很长，像个披头士。右边的灯光映照着他，他似乎很瘦，腮部塌陷，眼窝是一块黑影，只有从他高高的额头顺着鼻梁直到微翘的下巴这条清晰而优美的直线，能够认出那个曾经清俊、轩昂、带着高贵感的年轻人。

但现在他显然在用身体的全部力量，支撑着自己的坐姿。他一动不动，也不看我，低垂的目光隐蔽在眼窝的阴影里。

老乔："家智来看看你，他后天就回去了。"

他不吭声。

我说："你的事我都知道了。老乔和知春称赞你的顽强，你的精神。他们还夸赞你办报的能力，如今你们的报在欧洲华人中非常受欢迎。"

我记着老乔叫我给他一点儿力量，我努力说出一些鼓劲和带劲儿的话，由于一切来得突兀，又对他的生活现状与心理一无所知，说完之后感觉自己的话空洞、乏味，甚至有些虚假。对于失去了前程和所有的生命乐趣、形同废人的人，谁还要赞美诗。只用一些绚丽的语言就可以把这个枯索的生命重新点燃？我还能给他什么呢？当我看到，聂宛如从里屋拿来一条毯子给他蒙在腿上，我想：他需要而且不可缺少的也就是这些——实实在在的一点点生命的支持了。

下边该说什么，我完全不知道了。他显然也不知道该对我说什么。我们见面只为了见一面吗？而这见面有什么意义吗？

老乔似乎也无话可说。

其实，最应该说的是肖莹！没有肖莹，我与他、与老乔相互又有什么关系？但是，当事情的真相摆在我面前，这里边曾经的误会、错怪、恩恩怨怨还需要再解释吗？解释明白又于事何补？想到老乔刚刚那句“警告”，我提醒自己决不能提到肖莹！千万别惹出事端！只有匆匆告别，走出尴尬。

临出门时，我瞥他一眼。他依旧侧身坐着，动也未动，一声未吭，有如一尊黑色的冷冰冰的雕像。如果我是雕塑家，我一定要把他塑造出来。我想告诉人们，真正的痛苦是无可救助和无法言说的。

从报社出来，老乔想开车送我回旅店，我坚持独自散步去到大教堂那边逛逛。我说：“听说教堂周围的广场上有个夜市不错，逛完教堂搭地铁可直回旅店。”老乔心里明白我想一个人走走，消化一下刚刚堆满心中的疙里疙瘩。

他便说：

“我和司机小彭说好，明天上午九时去接你。他和我报社有长期合同，只要我这边有客人，他就出车，随叫随到。明天一天这车你随便用。小彭是旅行社的老地接，开车技术好，甭说维也纳，整个奥地利的地图都在他肚子里。我明天有事不陪你了，后天我送你登机。”

我俩相互拥抱一下分手，拥抱时彼此拍了拍后背。我感觉啪、啪地拍打对方后背的时候，都有许多难言的话，都各自有一种很深的歉意，我感觉，老乔认为一切祸事都源于当年他派晓初去巴黎那个决定，而我觉得，这天大的麻烦还是我给老乔招致的。

大教堂高耸峻拔的尖顶与上半部分华美的装饰都消失在银蓝色的夜色里，下半部分建筑的光彩则被广场上临时举办的夜市夺去了。一大片灯光把相互错落的布棚映照得白晃晃，耀眼夺目。每逢周六，大教堂周围的广场都归夜市使用。夜市的卖家是城郊的农家与山民。他们拿来新酿的葡萄酒、新烤好的面包、蜂蜜、果酱、奶酪、坚果、香料、调味汁等乡间土产以及各式各样民间的手工物品与艺术品。这些带着阿尔卑斯山气质与多瑙河风情的本土特产极其诱人。如果外来游客在维也纳赶上周末，一准儿要来夜市里串来串去游一遭。

然而，今天在这夜市里，眼前的任何新奇的东西都没有魅力。我如游魂一般，抓不住自己的注意力与兴趣，脑袋被今天的所见所闻完全打乱。当十年前经过的一切掉头回来，今天的真相颠覆了昨天的判定，到底谁是谁的因、谁致谁的果？那场突如其来的灾难之后，到底怎样一步步发展到悲剧的今天？在网络时代还会有如此的信息艰难，是信息艰难还是人心相通的艰难？是由于爱而相瞒导致的误判，还是因为意气用事而各走极端？命运是暗中注定和不可抗拒的吗？当我想到了“命运”二字，并实实在在触摸它时，它竟如此坚硬如此阴冷如此不公。命运的本质是不公的。

那么，遭遇到命运不公的人，其中有没有自己选择上的失误？

一度我完全陷入思考，忘掉了自己。浑然不知自己从一个小摊上，拿起一束缠绕着彩带的美丽的松果，走到另一个卖蜂蜜的小摊前放在那里，弄得那里的人莫名其妙。

我回到旅店，洗过澡躺在床上，脑袋里还是静不下来。一个想法叫我的联想愈来愈激烈：如果当年肖莹知道了真相，她会怎样？她会不会立即乘飞机来到维也纳，一直陪伴他到今天？如果今天肖莹知道了这个迟到的真相，她还会立即飞到维也纳来吗？

跟着，我又暗暗笑话自己，这只是个浪漫的想法。浪漫是一种一厢情愿的想象。想象最终全要安于现实，或者说，现实会从我们身上摘下浪漫的翅膀。

这样，我便呼吸着维也纳秋天清凉又柔和的空气安然入睡。

七

凌晨五时我就离开维也纳，前往多瑙河峡谷。

昨天夜里小彭来电话，问我是不是初来维也纳，想看哪里，去没去过戒指路、皇宫、美泉宫、施特劳斯公园以及美术史博物馆，等等。我说这几天会议闲暇时，抓紧时间，把这些地方都跑过来了。我叫他推荐一个地方，保证我看了之后永远难忘。说实话，我也是想去一个特别吸引人的地方，好散一散心。他说那就去瓦豪河谷吧。那里是多瑙河流经奥地利一段“天堂般”的地方，是世界遗产。只是这地方离着维也纳三百多里，去玩儿一趟，来回需要一整天的时间。我说我就拿出这次赴奥行程的最后一天吧，只是傍晚前要赶回来，我看好皇宫后的一家古董店里的一个石雕的小天使，雕工十分精美，早期巴洛克风格，局部有贴金，难得的古代宗教建筑的装饰构件，我想把它买回去，放在我书桌对面的条案上。我对东西方的建筑、雕塑都很痴迷。

小彭说：“那咱尽量早一点儿出发，我带上牛奶面包，早餐在车上吃。”

这主意好。

清晨五点我钻进汽车时，车子在外边搁了一夜，车厢里还挺凉呢。可是这并不能叫我清醒起来，昨天一夜我时睡时醒，现在精神和身子都很乏，眼皮打架，待吃了东西，加上车子摇摇晃晃便很快睡着了。

我从来没有在汽车里睡这么长一觉。我在小彭的呼叫声中醒来。只听他叫着：“您要再睡可就回维也纳了！”

我睁开眼睛，外边的世界在左右两边的车窗上。啊，我在天国里?

高山、丛林、深谷、烟岚、白云、花园、葡萄园、山村、古堡，然后是翠绿、幽蓝、雪白、银灰、墨黑、赤黄、红棕以及花的夺目的五彩，这些风景这些色彩在车窗上相互交换然后五彩缤纷地掠过。不断地有不可思议的神奇景象出现，随即又被另一个无限美妙的风景代替。左边车窗上的美景还没看清，右边车窗上的奇景已经飞驰而过。这些只在儿时的童话书里见过的图画，现在变成了真实的情景，而我竟然身在其中了。

当我们的车子行驶在谷底，我发现多瑙河的河水竟如此丰沛、明亮、急速、幽蓝。河中溢满河水，河面与河岸同在一个水平线上，我从未见过哪条江河这样与人亲近——它就像在我的车窗上流淌。

小彭几次想问我的感受，见我目瞪口呆，不停地发出感叹，他得意地笑了。

能从客人的惊喜中感到自豪的，一定是主人。小彭已经完全融入了奥地利。他不避讳自己已加入了奥籍。这个机灵、干练、黄头发、小个子的司机兼地接是湖南湘中人，早在20世纪90年代初就来到这个国家，他和那个时代许多年轻人一样，没有专业向往，只想出国闯荡，浑身有发烫的一股劲儿。到奥地利的最初几年，他在中国餐馆里天天一连六七个小时洗盘子，在商店瞪大眼睛售货，开车长途跋涉去运输，干的全是卖力气赚钱糊口的苦差事。自从20世纪90年代末中国人有了多余的钱，出国游玩的人愈来愈多。旅游业成了热门生意。中国人在外边语言不行，旅游要靠中国导游。而对于跑到海外谋生的人，干旅游和干中餐馆这两样是最容易的，而且可以马上拿到现钱。小彭说，干中餐馆需要店面，还要买菜做饭，照应客人，很琐碎。干旅游只一辆车就够了，而且天天内容不一样，还能借机玩儿遍四方。他天性喜欢玩儿，干这种事玩玩乐乐，见多识广，还赚钱，最多付出一点儿奔波之苦，他年轻不在乎。现在他不单成了跑遍奥地利的“第一游客”，而且跑出来房子、老婆和家，天天都有收入，口袋里总有不少的钱。

我说：“现在旅游市场这么好，你称得上得风得水。但只有一样你要注意，必须保重身体，关键是开车要小心。”

没料到他回答说：“您这话千真万确。前些年乔先生报社有位能人，非常能干，大家都看好他。正干得风风火火，可是出了一件事，身体完了，结果全完了。”他停了一下，问我：“您昨天在乔先生家见到这个人了吗？”

我不想和他谈晓初，打岔说：“什么人？”

小彭说：“这人叫江晓初。他不会与生人见面的。他叫人打断了腿，还打坏了半张脸。据说他平时都是侧身坐着，用半边好脸对着人。听说他那边连耳朵都没有了。有人看过他那半张脸，吓死人！”

“怎么会打成这样？”

“在巴黎出差时叫人打的。听说是一帮人喝醉闹事，叫他赶上了。”小彭说。

看来他对晓初的事也不深知，我便说：“你常年给报社开车，应该和他很熟。”

小彭笑道：“维也纳的华人圈子很小，互相全认识。中国人在国内认为外国人彼此谁也不管谁，关系简单，容易相处。可是到了国外才发现，外国人根本不管你的事，有事还得回到中国人堆儿里来。”他告诉我：“江晓初刚到维也纳时我见过他，自打出了那事后，不再露面，不见外人，憋在屋里干活儿。外边的事全叫一个女秘书聂小姐包了。你昨天见到她了吧。”

“打个照面，没说几句话，觉得人挺温和，挺不错。”我说。

“何止不错，那个人没处找去。我们都说乔老总运气好。当年的江晓初，又聪明又能干，人也好，这个人百里挑一。后来江晓初出了事，又顶上来一位聂小姐，勤快肯干，性情好，不单报社里里外外的事全揽过去，连照顾江晓初也包了下来。这种人哪儿去找，都说是老天派下来的。”小彭说。

我说：“听老乔说，她是来维也纳学音乐的。”

“她哪还上学？早不上了，今年四十过了。不单报社离不开她，江晓初更离不开她。报社离开她就垮了，江晓初离开她一天活不下去。”

“她总得有自己的生活。”我说。这是我担心的。

“最担心她离开的恐怕是乔总。”小彭说，“前几天乔总叫我想办法给聂小姐找一架钢琴。这事不难办，维也纳人唯一不缺的就是钢琴。我心里明白，乔总怕聂小姐在报社待不长，想拿钢琴留住她。”

我没说话，我想：老乔还是没明白聂小姐这个人，能不能留住聂小姐的绝不靠一架钢琴。究竟靠什么，是极致的善良，是大义，还是爱？我不了解她，我想不出来。反正她靠自己一种纯精神的东西。是这种东西把她留下来。反正一般人没有这种东西。

我又想：不幸的晓初又是幸运的，这世界有这么好的两个女人至真至诚于他。一个是现在的聂宛如，一个是曾经的肖莹。现在肖莹对世俗享乐的偏激的选择，也是由于对他的误解而招致的吧!

如果当初肖莹知道这件事情的真情，现在背负这个终生苦难的女主角就一定换作肖莹了。

这样一来，我的多瑙河峡谷的游赏就不再纯粹了。我的眼前不断涌现出人间破碎的景象，我的心弥漫着人生中的浑浑噩噩。我的心仿佛听见这些悲剧主人公们的嘶叫。十年来，在这件事上，我好像一直被裹挟在各种谜团中间找不到出口，总憋在一条令人窒息的死胡同里。今天，真相更叫我绝望!于是，眼前充满大自然性灵的山光水色对于我已然没有多少感觉了，任何美丽的事物都与我无关。

小彭说："我们聊得太多了，好几个特别好看的地方都错过去了。您右边，河对岸那一片红色建筑是梅尔克修道院，是世界文化遗产，世界上最著名的巴洛克风格的教堂。您不想过去看看吗？来回要两个小时。但非常值得一看。"

此刻我们在这边一座山上，透过车窗俯瞰，梅尔克半隐在一片层层丛林簇拥的郁郁葱葱的山峦之间，整座修道院太壮观了，宏大、华美又繁复。当我们的车子随着山路而下驶入深谷时，它渐渐转向群山的那一边，然后远远的，像停在多瑙河那一边一艘暗红色的豪华巨轮。然而，不知为什么，我此时竟然失去过去看一看这座经典的巴洛克建筑的兴致。我说："我还要在傍晚前赶回维也纳呢，下次吧，留点儿遗憾会更叫我想着再来。"

"那我带你去近处另一地方。今天的旅行总得在一高潮中结束，就像交响乐。"小彭说。

在维也纳待长了的人都懂得音乐了。

车子在一个高高的山坡前停下。我们下车顺着一道台阶往上爬。这里的一部分台阶是从岩石上凿出来的，高矮不一，登起来挺吃力。用了不少时间，我们站在一堵石墙前，中间一个门洞，没有门。右上边是一座巍峨的灰色的古堡，它一定历时久远，经历过无数次金戈铁马和烈火烽烟，早已荒废成废墟。一片散落的断壁残垣，与荒木野林混杂一起，无声地散发着一种历史沉寂之后的荒凉感。待穿过门洞，竟别有洞天。一瞬间，我有一种穿越时光隧道般的惊奇，眼睛和心头同时一亮。我看到了一个超小的山城。它令我更惊奇的是，古老，古老，古老，却又充满着生活的光鲜！

一条碎石板拼成的小路，从我脚下蜿蜒向前，伸向一片简朴的老房子的深处。与这些歪歪扭扭、模样笨拙、式样各异的村舍混在一起的，是繁盛的林木与艳丽的花丛。有的花爬满门洞的四周，几乎要将这门洞吞没；有的花从院内喷涌上来，翻越过墙，如同彩色的瀑布。我欣赏沿街石墙上隔不远就有一个一米大小的洞穴。小彭告诉我，这是古代放油灯的地方，如同现在的路灯，如今有路灯了，人们就在这里放上一盆花。从这些花盆的造型和所选鲜花的品种看，我十分欣赏这里山民的审美眼光。

过去我对欧洲建筑的关注，多是历史建筑、宗教建筑和城市建筑，多是学院派的角度，很少去关注这些村落民居，但在这里，我感到我的知识用不上，还感到历史和文明都在嘲笑我的无知。现在剩给我的，只有痴迷和神往了。叫我奇怪的是，这里的山民是怎么能叫历史活着的？是人为刻意的？是自然而然的？还是一种传统的精神或精神的传统？

我发现街上没有电线。

我还发现大门上没有锁。

我看到一个俊俏的女子远远走来。她金色的头发梳在头顶上，随便一绾，雪白的衣衫外边套着一条宽松的棕色的连衣裙，手里拿一个很大的铁环，环上一串老式的大钥匙，走路时一颠，手里的钥匙串便哗的一响。她耳朵戴着白色的灵巧的小耳机，还挺时髦呢。但一看就知道不是旅客，而是原住民。她走到街角，扭身走到一个拱形的大木门前站住，从手里的铁环中找到一把长柄的大号的钥匙插入锁孔中，嘎嘎一拧，把门打开。这当儿我们正好从这门前走过，扭脸一看，室内好似放满古董，古朴又厚重，这是对游客开放的，还是他们自己生活的居所？小彭笑着说，这里家家户户都是这样。

一只白鹳站在屋顶的烟囱上向远处张望；

二楼上一个剧院包厢似的阳台，一个老妇人用藤条拍打着晾晒的棉被；

街边石台阶上，半瓶葡萄酒扔在那里……

这时，从前边忽然飞来一只红肚皮的小鸟儿，它居然一下站在我的肩头上，我的吃惊吓了它一跳，它一扬翅膀飘然而去。

这时，此地的一种东西，一种活生生的精灵吧，自然而然地把我感动了。我在其他地方，还有过同样的感受？

于是，刚刚一直缠绕在我脑袋里那些悲凉、那些无解的烦恼，不知不觉不见了。神奇的瓦豪河谷把我拥抱起来。

我跟随小彭走进一座山村的小教堂。

教堂是西方古代村落的中心，就像中国村落的中心是庙宇。我喜欢这座教堂以天蓝色和白色为外墙的颜色。它在绿幽幽的河谷里分外明亮分外纯洁，当多瑙河缓缓流动时，它的倒影像一块也在缓缓流动却不会流走的白云。我还喜欢这种乡村小教堂特有的一种单纯而虔敬的气质。它没有那些身负盛名的大教堂的豪贵与威严，只有小百姓们的至诚至信与一往情深。教堂里有一幅 19 世纪描绘关于天主降生的油画《基督诞生》，这个原本庄严而神圣的题材被当时红极一时的彼德迈耶的画家们描绘得像一幅世俗生活的温馨写照。它给小教堂平添了一种亲和又温暖的气息。我想在这教堂长长的木凳上坐一坐，小彭把我拉起来，好像下边还有什么更好的事情等着我。果然，在教堂后边临河谷的一块高地上，我体验到了一种绝美的震撼——多瑙河从远处山影重重的蔚蓝色的深谷里无声地流淌而来，它在河谷口转折处扭转过身，静静的河水陡然变得激流汹涌，从我们的脚下流过，然而奔泻而去，消失在身后峡谷深浓的绿色里。就在它转折处，刚好日光下彻，波峰的反光强烈刺眼，波谷的阴影漆黑如墨。两岸的风物仿佛被这条大河的激情感染，一拥而来，参与了这天地间美的创造。于是，重重叠叠的森林腾起形态万千的云烟，五彩缤纷的山花野卉肆意地散发着芬芳。大自然也懂得像艺术家那样用美去征服世界、征服人心吗？

我相信世界上如此至美的风景是绝无仅有了，若要再见，只有再来。

我频频拍照给它留影，并叫小彭帮我拍照留念。

我叫小彭把我身后远处斑斓的花影一起摄入镜头。小彭说，那是墓地。西方人喜欢把过世的人安葬在教堂后边的墓地里，据说那里是距离上帝最近的地方。

我说："还用到天上去寻找，这里的大自然就是人间的天堂了。"

小彭忽说："我想起来，您说这话，江晓初也说过。他刚来奥地利时，我陪乔总和他到这里玩儿，他傻了。他还说他将来死了，就埋在这里。”

我听了，半天说不出话来，而且再没了游兴，也没了感觉，或者说感觉变得异样。晓初那个侧身坐着的黑黑的雕塑般的形象又出现在我眼前。我说我想赶紧离开这里回维也纳，小彭不知道我的心理，于是我们回到村口，上了车。

八

我出访归来，见人便谈维也纳，但没与任何人说过江晓初，尤其对家慧，还有我妻子。我要把往日的秘密永远封锁在自己的心里，让生活永远延续着昨日误解与误判，把昨天的句号变为永久的句号。我知道只要从我嘴里走漏出一点儿昨日的真相与今日的真情，都会把已经过去的悲剧拉回来重演一次，结果还会更糟。

肖莹似乎更需要与过去彻底切割，她从家慧那里知道我访奥，但过年来我家拜年时却只字不提。我桌上明明放着在维也纳的照片，她见如没见，绝口不问，她最有兴趣的话题是儿子的聪明，兴致勃勃地为聪明的儿子高唱赞歌，甚至连“舞蹈”二字也不去碰了。她明显要与昨天一刀两断，决不会再碰昨天的痛处而对昨天漠然。

昨天的事与昨天的人，总会被生活一页页掀过去。

特别是老乔，渐渐与我联系寥寥，快要淡出了。严冬的一天忽然接到他从维也纳寄来的一封信。这几年，万能的手机取代了生活的一切，绝少收到私人信件了。什么特别重要的事需要写一封信？打开一看，是一封短信，只写了几句话：

家智：

你好。晓初今年秋天急症去世了，这个可怜的人，他解脱了！遵他生前所愿，将他安葬在多瑙河峡谷。这是我最近去到那里看他时拍的一张照片。留个纪念吧。这世上没几个人记得他了。知春问候你和夫人。老乔。

信封里还有照片，我忙掏出来看。

照片的风景是瓦豪河谷，墓地在山坡上，守着河谷。晓初的坟墓在一角，正好俯瞰多瑙河上最最绮丽的风光。墓地很简朴，只有一块方形的黑色碑石，上边有晓初的名字和生卒年月，无任何装饰。这里原本是碧山蓝水，鲜花白云，胜似画图。大概老乔去墓地这天是在一场大雪之后，风景骤变苍劲，整个墓地一片白雪皑皑，只有这位东方陌生的逝者沉默的碑石，穿过厚厚的雪被，孤零零地裸露在峡谷寒冷的空气里。

在晓初墓碑前的白雪上，斜放着一束夹杂着几朵黄菊的淡紫色的勿忘我，很惹眼，也很凄凉。这是老乔放在这里的。老乔是如今唯一还去看望他的人吧。那么聂宛如呢？另奔前程而去了？她先离他而去，还是他先离她而去的？

为什么还去追问生活？什么样的生活才经得起追问？

跟　会

今儿，天刚麻糊亮，木头就把两块玉米饼子揣在怀里，急急忙忙赶往东城外的娘娘宫去。其实他整整一夜没合眼，躺在炕上，等着天亮，愈等天亮得愈慢。他今年十八，爹终于答应他去看皇会。过去不敢，怕他出事。皇会年年挤伤挤死人。为这个，官府多次禁会。禁了又开，开了又禁。禁是怕出事，开是不开不行，没皇会像没过年。

天津临海，使船的人多，分外拿这位海神娘娘当回事。娘娘可以保佑出海的人平安无事。海上黑风白浪，弄不好船就翻个儿，一船的人全喂了鱼。故此，天津人吃鱼，吃完上面，把鱼翻过来吃下面时，决不说“翻过来”，忌讳这个“翻”字，必定要说“划过来”。这个“划”字，就是“划船”的“划”。老百姓有老百姓的讲究。

年年三月二十三日娘娘生日，天津人必办娘娘会，一连几日给娘娘烧香叩头，还要把娘娘的雕像从庙里抬出来，满城巡游，散福万家。城里城外上百道花会，全要上街一展才艺，各逞其能，亮出绝活儿，死卖力气，以示庆贺。一时间，商家歇市，万人空巷，争相观赏，举城欢庆。

所谓皇会，是因为乾隆皇帝下江南，路过天津，正赶上娘娘庙出会，看得高兴，赐给各道老会黄马褂、金项圈儿和两面龙旗。小百姓哪受过皇上的赏赐，一受宠就来了劲儿，从此把花会改称“皇会”。出会之举也就折腾得一年比一年盛大。倘若家住天津，没看过皇会，那就是白活了。

木头的爹是位行医的大夫，做人做事也如同给病人下药，谨小慎微。在当爹的眼里儿子永远长不大，更何况木头天性木讷，哪敢叫他去看皇会。今年还是别人提醒他，儿子十八了，别总拿绳拴着了，这才放行。

可是木头一出东门，就挤进了人群，待他挤到娘娘宫前的广场上时，天已大亮。这时候围在广场周围一圈儿的住房和店面，全让了出来，给各道老会化装打扮，等候出会。各会的用具和仪仗都整整齐齐摆在门外。这些个家伙件件都是上百年的老东西，旗幡伞盖，各样器物，非常好看。木头在人群中挤来挤去，真开了眼。

忽然一个踩跷的人从他前边走来。这人踩在高高的跷上，却如走平地。他抬头看，踩跷这人是个女子，白衣青花，彩带飘垂，头上一圈粉白月季花，把一张俏皮的小脸儿鲜红娇嫩地烘托出来，清眉秀眼，樱桃小嘴，极是俊美。忽然她好像踩到地上的什么，绊了一下，身子一歪，似要跌倒。木头赶紧一托她的胳膊，扶住了她。她直起身子时，扭头朝木头一笑。这一笑算谢了他，神气却仿佛带些娇羞。木头没见过世面，竟然面皮发热低了头，待抬起头来，只见远近各处都站着一些高高的踩跷的人，但不知哪个是刚才那个踩跷女子了。

大太阳升起，鼓号齐鸣，气氛庄严，出会了。广场上的人潮水一般往娘娘宫那边拥去。木头如在大浪里，自己不使劲，别人也帮他用劲。可是离庙还远着呢，他就被卡在人中间动弹不得。他个子不高，人瘦没劲，只能听到前边人呼人叫和鼓乐之声，从攒动的人头上边可以看到一些旗头、吊灯、轿顶、塔尖、花杆从眼前走过，顶稀奇的是给许多人举着的几口铁锅，乌黑奇大，百姓纷纷往锅里扔铜钱，这钱是功德钱。钱落锅中，唰唰如雨。后来他才知道，这是娘娘起驾。各道护驾的老会要走在前头。

每年出会的路线不同，木头不懂，只有跟着人流，叫人推着后背，往前边挤边走。有一阵子，挤来挤去竟把他挤到前边。忽然一些人，穿黄坎肩，扎黄包头，用一根挺粗的黄绳子把他拦住。一个黄衣黑脸的大汉朝他厉声喝叫："挤嘛！后退！"这人手里还拿着一面三角形的小黄旗朝他唰地一晃，旗面上绣着三个黑字：黄龙会。原来这也是一道会，专管出会时道路通畅。此时黄龙会好像有极大的权力，人人都得听他们的。

跟着，他看到一道道见所未见的老会，又演又耍、又唱又跳、各逞其能地从眼前走过。每换一道会，换一番风景。旗幡不同，装扮不同，演艺不同，曲调不同，除了皇会哪儿还能见到这样的场面？出会的人强，看会的人也强，很快，一些硬胳膊硬膀子的人把他挤到后边，任嘛也看不到了。

今天出会，出了庙门，先往宫北。木头一直被挤到华锦成灯笼铺前，他已经没有劲儿挤到前边去，正心急的时候，一个声音对他说："你想不想到上边去看？那儿正好有个空地方。"

他定睛一瞧，跟他说话的是个中年男子，虽然穿着夹袄，仍显得身强骨壮。这人龇着一口白牙朝他笑。天津这里的水碱大，牙白的人不多。这人手指的地方是一堵矮墙，墙头上边站着四五个看会的人，靠边正好有一小块空地。墙虽不高，可木头上不去。那人说，你踩着我，我送你上去。

木头不肯，但那人豪爽，一条腿蹲下，两手手指交叉起来，手掌朝上，合成一个托儿，放在腿上，他执意叫木头踩在他手掌上。木头拗不过他，刚踩上去，身体便离地而起，竟如升天一般，并把他一直举上墙头。

叫木头惊奇的是，宫前一条大街出会的全景，都在眼边子下边。待他忽然想到要谢谢这慨然相助的汉子，汉子却不见了。

若非居高临下，哪里能看清这般出会的阵势。由宫南到宫北，在这窄仄而弯曲的长街上，出会的队伍在黑压压的人群中，五彩缤纷地穿过，有如一条蠕动的巨大长龙。站得高，看得全，连每一道旗幡上写着的老会的名目都看得一清二楚。刘园法鼓的飞钹，百忍老会的陀头和茶催子，同善大乐会吹奏的《河洛大乐》，西池八仙会唱的《鹤龄曲》和《长寿歌》，都叫木头恨不得再多长一双眼一对耳朵，可是没看清楚就走过去了。芥园花音鼓鲜花老会过来时，八台轿子一般大的鲜花座，装满了五色鲜花，木头看着奇怪，现在这季节哪来的菊花杜鹃百合牡丹？这花是假花还是鲜花？只听他身边一个人说："别光看，拿鼻子闻。"说话的声音苍哑厚重。

不等他吸气，浓浓的花香扑面而来。

这时他才看到身边是一位胖胖的老爷子，七十开外，对襟小袄，头扣护耳帽，不是站着，而是坐在墙头上。他这么大岁数，是怎么上到墙上来的？只听这老爷子说："我每年就等这道会。这个节候，养好这些花，到这时候还叫它们都把花开开，可不是凡人能干的。你细听，里边还放着好多虫儿叫唤呢。”然后对木头说：“行了，我看完这道老会，该回去了。你能扶我下去吗？”

木头是老实人，没想到自己跳下墙之后，怎么再上来。他朝老爷子点了点头，跳下了墙，然后抱着老爷子下来，他也没想到这胖老头儿比口缸重，往他身上一压，差点儿把他压趴下，多亏他脚下一用力，老爷子落了地。老爷子谢了他，过后问他：

“看几次会了？”

“头回。”

老爷子笑了笑说：“我是玩会的。”然后哑着嗓音说：“我告你怎么看会。咱天津会多，一二百道，谁也看不全。你要看哪道会好，就跟着它。它在里边走，你在外边走。”老爷子往人群中一指，接着说：“咱天津看会有规矩，人再多，也不能把道全堵死，挨着墙根总留一条窄道儿。你顺着走就是了。好，我该回家吃东西了，快晌午了。”

这么快就晌午了？

木头谢过老爷子指点，沿着墙边往前走。忽然横向一条胡同拥出一群人，不知何人何事，这群人来势很猛，一下把他冲进街心，一屁股蹲儿坐在地上。他摔这一跤，有点儿发蒙。待定神一看，周围全是连蹦带跳的高跷腿子。惊慌中，一个耍高跷的猫腰伸过手，一下把他拉起来。他再一看竟然是出会前在宫前广场上，那个险些滑倒、被他扶了一下的白衣女子。

这么巧，刚才他扶过她一下，现在她拉他一把。

这时白衣女子也认出他来，竟朝他娇嗔地一努嘴，含羞掩面地跑走。木头有点儿犯傻，直直地立在一圈儿踩着高跷腿扭来扭去的各样角色中间。一位围观的人朝他喊："快出来吧，人家是许仙的人，没你的事！"大家一阵哄笑。木头这才明白过来，跑下去，扎到人群里，又钻进巷子里，许久才出来。

等他回到街上，皇会还在一道道接着演。那道高跷会早已经演过去了。不知为什么，此时他心里想看的却只有那道高跷会了。他不知这会的会名，只知道演的是《白蛇传》。他想起刚才那胖老爷子说的"跟会"，他打定主意，今儿就跟这道会了。那道会已经走远，只有快步追上。可是快到了北大街出口的地方，混混打架，把路堵死。他窝在人群里干着急，急也没用。渐渐日头偏西，他一早从家里出来，已经快一天了。

木头这才感觉到自己肚空腿软，忙把怀里的玉米饼子掏出来吃了。有尿憋着，找个茅厕撒掉。再找个石头台阶坐一坐，渐渐觉得身子舒服，人精神了，刚好路开，他就来到了大胡同。这一带路宽地阔，是演会的好地方。在重重叠叠的人群中，他一眼看到一处踩高跷的，正是白娘子那道会。他跑过去，却挤不到跟前。幸好高跷高，起码能看见上边一半。远远见白娘子踩着锣鼓点，如同云中小燕，随风飘舞，上下翻飞，引来阵阵叫好。这女子竟有这样好的身手！

再往前的行会路线，就是由大胡同，经锅店街，穿估衣街，到针市街了。这一条道两边全是大字号的商铺。大买卖家事先早派人去到一些有名气的老会会所里，拜会头，下帖子，使钱，表示出会那天，一定要截会看会。依照规矩，逢到有人截会，出会的队伍就得停下来，人家截哪道会，哪道会就得给人家好好演一场。这便使木头把白娘子看够。

从围观者议论中，不仅知道了这道会来自葛沽，他们的高跷归属“海下”一派，还懂得了这演白蛇的女子的一招一式是嘛名目，跪叉、盘叉、摔叉、跳叉、回头叉、趴地虎，招招惊险、超绝、奇盈、飘逸。尤其那身段扭起来，又强劲又妩媚，叫他惊奇与钦佩。木头愈看愈看不够，这就一直跟到针市街街口。

此刻天已近暮，各会的兴致犹然未尽。本地的各会还要随同娘娘的銮驾入城、出城、回宫，外县来献演的各会走到这里，大都在这里散了。葛沽的高跷自然也撤出了出会的队伍。

木头一直跟在这道高跷会后边，再往西，渐渐僻静。不远的地方是个小院。皇会出会时，周边乡镇的会，在城里没有“会窝子”，都是在城边租一个小院放家伙，再租几间房住人。

木头看他们进一个小院，坐在高凳上解下腿子。再从高凳下来，坐到矮凳上。踩了一天的跷，解下腿子后一时都走不了路，坐在那里喝茶抽烟，歇歇腿脚缓缓劲儿。院里有几个随会而来的本乡妇女侍候他们，把他们脱下来的汗湿的衣服晾在院中的绳子上，大口噗噗地喷了酒，好去汗味儿。

木头不敢进院，一直躲在外边一棵老柳树下，等候那白衣女子出来。他只想看一看这个上了装无比艳美、妩媚、英武、奇绝的人，落了装是怎样俊秀非凡。

他等着院里的人一个个走出来，却一直没等到她出来。他有点儿心急。

直到院静人空。一个守门的老人出来关大门时，木头上去问，刚刚那个演白娘子的人呢，怎么没见她出来。

守门人说："最后出来的一个就是呀。"

木头很诧异，说："那是个瘦高结实的汉子，穿青布袄。"

守门人说："正是。"

木头更诧异，说："怎么是个男的？我说的是白娘子——女的！"

守门人一听一怔，随后笑道："我们高跷会从来不准女人入会。演女的，全是男扮女装。"

木头还有点儿不甘心，问道："他是做什么的？"

守门人说："使船的，若不是整天站在船板上晃来晃去，哪有那么好的腿脚。"

老人说完扭头进门，把门关上。木头站了好一会儿，满脑袋花花绿绿，还在发蒙。

跛脚猫

一

今天一醒来就觉得不对劲，我竟然感觉到我无所不能。这感觉并非虚妄，还有点儿自我的神奇感，分明就在我的身上。我不知道这感觉从何而来，也不知道我忽然有了何种特异的能力。我现在还躺在床上没做任何事情呢！没有一点儿具体的事实可以证明我这个感觉并非虚妄——我凭什么觉得自己无所不能了？我是不是哪儿出了毛病？我神经出问题了吗？

我坐起身来，从里屋走到外屋。我觉得身体有一种飘飘然的感觉。我好像驾驭着一阵风瞬间到了我的外屋，我好像不是“走”到外屋的。我对面是两个放着许多书和一些艺术品的柜子，还有一张堆满稿纸与文案的书桌。迎面墙上挂着一幅我的书法，上边写的是我自己的一句格言：“弃物存神。”此言何意，我后边再说。反正我从来不书写古人或名人的诗文，我瞧不上那些只会抄录别人名言名句的写字匠们。那些人舞笔弄墨，却不通诗文，只会按照古人的碑帖照猫画虎写几笔字——还不是“写字匠”？

我天天早晨起来，到了外屋，都会面对着这面墙。不知为什么，今天这面墙却似乎有点儿异样，好像可以穿越过去。我居然觉得自己可以像崂山道士那样一下穿过墙去。不想便罢，这么一想，我身上那种无所不能的奇特的感觉便突然变得“真实”起来。我开始有点儿害怕，我怕我身上发生了什么可怕的变异。外星人在我身上附体了吗？

未知总是难以拒绝的诱惑。我不由自主地向对面的墙走去，这时已分明感到自己身体无比轻盈，好似神仙一般飘然而至墙前。我的墙那一边是一个人家，但我住的是连体的公寓房，和隔壁的人家不走一个楼门，完全不知墙那边的住户是谁。我伸出手，隔着书桌去触摸墙壁，我想试一试墙壁是不是一个实体，证实一下自己脑袋里的“穿墙而过”是不是一个莫名其妙的荒唐的臆想。但是，极其神奇又可怕的事出现了。当我的手指一触到墙壁时，好像进入一个虚无的空间里，好似什么也没碰到，同时却惊奇看到我的手指居然毫无感觉地进入墙中，我再往前一伸，我的手连同胳膊竟然也伸进去，进而我的身体也完全没有任何阻碍地穿过书柜，在骤然而至的惊慌中，我完全失去重心，身子向前一跌，一瞬间我闯进一个黑乎乎、无依无靠的空间里。我差点儿一头栽倒，慌忙平衡住自己。这时，我闻到一种沉闷的、温暖的、混着一种很浓的香水味儿的空气，渐渐我发现一间拉着厚厚窗帘而十分幽暗的房间，一点点在我眼前呈现出来。我已经站在一个完全陌生的房间里——我邻居的家里。我惊讶，我奇异，我恐慌，不管这到底是怎么回事，反正我真的“穿墙而过”了！这是怎么回事？一种童话和魔幻故事里才有的奇迹，竟然在我身上发生了？

我努力使自己镇静下来。这时，我发现这邻居家的屋内只有一人，这人还在熟睡。我穿墙过来时竟然没有发出声音把这人吵醒，我是在梦游吧，还是死了？难道我现在是一个游魂野鬼？

突然，我发现熟睡这人是个女子。她趴在床上睡。一头黑黑的卷发，头发下边一段粉颈，一条雪白的胳膊连带着光溜溜的肩膀从被窝里伸出来。我是一个还没有找到老婆的男人，头一次看到在床上裸睡的女人，也有一点儿心旷神怡。我忽然想到——她是不是那个在电视台做主持的极其著名的女人——蓝影吧！我只知道她不久前刚搬进我这个高档小区玫瑰园，没想到她就住在我的隔壁！她非常漂亮，真像天仙一样。她名气很大，但十分傲慢，我只在小区门口碰到过她一次。她走路时从额前垂下的头发挡住了上半张脸，使人无法看清楚她的面孔。她走路时哪儿也不看，明显谁都不想搭理。漂亮的女人全都傲慢。可是现在她却赤裸裸地躺在我面前——虽然下半身裹着一条薄被。我心神荡漾起来。我想，反正我现在没什么可怕的了，即便有了麻烦，转身一步还可以再穿过墙壁跑回自己的屋去。这想法居然使我“色胆包天”！我居然过去哧溜一下没有任何障碍就钻进她的被窝。她的被窝里一股浓浓的暖烘烘的肉体的香味儿，弄得我有点儿疯狂。可就在这时，我忽然发现眼前有一对很亮的亮点，金黄色，像灯珠。这是什么？被窝里怎么会有这种怪东西？这对灯珠好似紧紧直对着我，同时我还听到一种呼哧呼哧的声音，好似动物在发怒，忽然这东西猛地一蹿把被子揭开。我一慌跳下床，扭头再看时，这女子旁边有一团硕大的黑乎乎的东西，原来是只非常肥大的黑猫——她的宠物！刚才那对金黄色的亮点，原来是黑猫的眼睛。黑猫正对我怒目而视。我看傻了，呆呆立在屋子中央。

就在我不知所措时，蓝影忽然翻身坐起来，我马上会被她发现，跟着她会惊叫和呼救。我的麻烦降临！可是，事情完全出乎我的意料，她居然没有看到我。只见她半睡半醒、迷迷糊糊地对着床上的黑猫说：“你又把我闹醒了，我下午还得录节目呢！”说着她一边揉着眼，一边下了床朝我走来。

她马上要与我撞个满怀！这时，她揉眼的手已经放了下来，而且离我只有一步之遥。我正转身要跑，可是这一瞬间我惊奇地发现，她那双带着睡意的眼睛竟然没有看到我——我就站在她面前，她怎么没有看见我？她是一个盲人？我好像神经错乱了。

接下去发生的情况，更叫人惊奇。当她的身子挨到我时，我也没有任何感觉，她居然穿过我的身体，一无所碍地走到我的身后，径直去到卫生间。此时我已经知道，现在的我已不是一个实体，不再是一个实有的人！而且我与那个英国作家韦尔斯写的“隐身人”不一样，韦尔斯的隐身人只是别人看不见他，他却是一实体，别人可以摸到他。我不同，我不再是一个有生命的实体，我只是一团空气，我是虚无的。我看得见一切，别人却看不见我。我虽然可以闻到气味，听得见声音，但我对任何东西没有“触觉”，所以当我与任何物体相碰时都不会发出声音。我忽然焦急和恐慌起来，因为我与这世界已经没有任何关系了。

我对于别人来说已经是不存在的吗？我说话别人听不见，我看得见所有东西，却摸不到任何东西，更挪动不了任何东西。我还是一个生命吗？我还有人的需求吗？我还会饿吗？还会感受到冷热吗？还需要睡觉吗？还用去卫生间吗？我除去能随便进入任何空间，还有什么更特异的“本领”？

我是不是突然死了，现在只是一个人间传说中的那种无处可归的游魂？难道人死之后就像我与蓝影现在这样——阴阳相隔？尽管人间的事我全能看到却丝毫奈何不得，哪怕你活着时能主宰一切，颐指气使，到头来却照样一无所能？当我想到我无法再与任何人说话、交谈，我认识的人全可以看见，他们却看不见我，我便感到了一种极大的恐怖。我感觉自己进入了一种绝对的无边孤独中。这种“死亡的孤独”可跟活着的人的孤独完全不一样了。

蓝影从卫生间走出来。

当我再次看到她赤裸的身子时，已与刚才的感觉完全不同了。我对她已没有刚才那种感觉。她穿上一件很薄、光溜溜、浅紫色的睡衣回到床上，没有再睡，而是抓起手机，开始一通忙。查看微信，写回信，只有一次用语音回复时说了一句话：“你这烂话还是说给‘91’去听吧！”完全不知道她这话是说给谁的，“91”是什么意思。只见她说完话把手机调到静音扔在一边，身子一歪，扑在床上接着呼呼大睡。

我还是不甘心自己已经“离开人间”，想再试一试自己是否真的不再是一个“人”了。当我用手去摸她的肌肤时，我的手指竟然魔幻般伸进她的身体，没有触觉，好像伸进一片虚空里。我想游戏般再做一点儿荒唐的事，但我不能。那只蹲在床上的又黑又壮的肥猫似乎对我充满警惕。它对着我嗷嗷叫，想要咬我，可是它扑上来时，却像在咬一团空气，原来它也奈何不到我！这一来，我就有了安全感。于是，我、蓝影、黑猫不可思议地搅成一团，彼此不能产生任何关系，这情景真是奇妙至极！我却已经明白，我和现实的世界已经阴阳两界，彼此无关。可能这黑猫身上有某种灵异，对我这个“游魂”有一点儿特殊的敏感。古埃及人不是说猫有九条命吗？但我不必担心它，它丝毫不能伤害我。它在阳界，我在阴界，我们阴阳相隔。它在真实的物质的世界里，我在诡异的虚幻的世界中，我本身就是一种虚幻。

现在，我已经确信，自己不再是一个人，不再是一个知名的作家，我连笔都拿不了。人间的一切从此与我没有关系。那么我现在该干什么？不知道。我已经没有任何欲望与需求了。眼前只有这女人叫我产生了兴趣，并不是因为她是一个非常著名和美丽的女人，而是她与我原先对她的印象有某些脱节。

二

首先，我发现原来蓝影并不那么漂亮！她体形还算标致，当然这也离不开紧身衣和特制的胸罩的帮衬。至于面孔，那就需要在化妆台前下一番苦功夫了。每个女人都是最会打扮自己的，她们知道用什么妙法高招为自己遮掩天生的瑕疵与缺欠。如果没有亲眼看到她卸妆后的面容，真不会想到她原本竟然如此这般平淡无奇。虽然不丑，但离着屏幕上那个美若天仙、令人倾倒的蓝影却判若两人。

由此，我更加相信一款流行的化妆品的广告用语：女人的美丽是打扮出来的。这是女人的真理。

我不懂得女人的那些名牌化妆品，不识“女人香”，更不懂得使用眼影、眼线、描眉、香粉、唇膏、唇线、胭脂、香水那些诀窍，所以我写作时一碰到女人这些东西时就捉襟见肘，不知怎么下笔。现在，我开了眼，惊讶地看到她用化妆台上这一大堆东西，怎样一点点把自己“装修”得如同一朵娇艳的花儿。她居然还有一个碗儿形的假发！她这么年轻就谢顶了吗？可是当她把这假发往头顶上一扣，就更加漂亮、精神、年轻，至少年轻八岁。

在她着装时，我领略到这女人的不凡品位。她身上每件东西都不华丽，也不夸张，一条干干净净、洗得发白发旧的牛仔裤，一件淡淡的土红色的圆领衫，外边一件松松的白色的麻布褂子，让她一下子从房间的背景中脱颖而出。她这些衣服看似普通，细瞧质地都很考究。我相信她的衣服不一定都是名牌，名牌只是为了向人炫耀，美的气质才真正表达个人的修养。她不戴任何首饰，挎包只是一个由一块土布裁制成的简简单单的袋子。但这一切都谐调一体，正优雅地衬托她那张楚楚动人的脸。

她走出屋前，将一碟子猫食和一小盆水放在屋角。那只一直守在我附近的黑猫跑了过去。这时，我发现这猫左前腿竟然有残疾，好像短了一截，哦，是一只跛脚猫！它跑起来一瘸一拐很难看。她这样一位名女人，住在这讲究的公寓里，应该养一只雪白、蓬松、蓝眼睛的波斯猫才是，为什么要养这样一只又大又蠢又瘸又丑又凶的黑猫？

她出去，关门锁门，但锁不住我。我一伸腿就神奇地穿过屋门，紧跟在她后边。她走进电梯，我也穿过电梯门，站在电梯里。电梯上只有我和她两个人，面对面地站着。我看得见她，她却丝毫看不见我，这感觉异常奇妙。这使我不再觉得阴阳相隔多么可怕，因为我能够去到我任何想去的地方，看到我想看到的一切！我变得神通广大了！世界原先给我看到的更多是它的正面和表面，但出于作家的本质，更要看它的里面和背面，因为事物的正面常常不是它的真相。

我跟着她出了电梯，穿过走廊，走出楼门穿过小区到了街上。一到街上，她那神气陡然变得十分高傲，谁也不看，好像别人都在看她。前边不远停着一辆很漂亮的黑色的奔驰车。她过去一拉车门就钻进去，好像是她的专车，开车的人并没下车迎她。她钻进汽车顺手把门带上，车子就发动了。我不能被撇下，赶紧跑上去一拉车门，我忘了我的手根本抓不了车门的把手，可是我的手却伸进车子。我马上意识到我现在所拥有的神力，身体向前一跃，整个人飞进已经开动起来的车子，正好坐在她身边。我朝她笑笑，她根本不知道我的存在，掏出手机来看，一边对着前边开车的人说："你车上的香奈儿味儿是谁的？"

前边开车的人说："你诈我。我车上只有你的香味儿，我身上也只有你的香味儿。"说着回头一笑。我看到一张中年男子清俊潇洒的脸，不过他那带着笑的神气可有点儿像狐狸。这张脸我好像在哪儿见过，一时想不起来。

蓝影说："我从来不用香奈儿，你不用糊弄我，我也不管你的那些烂事。我只想知道，你给我选的车到底是哪个牌子？我不能总坐你的车。叫狗仔队发现了，放在网上，你不怕你那黄脸婆叫你罚跪？"

开车那人说："你总得叫我先把这房子贷款缴上。到了年底就没问题了，你只管放心。"

蓝影："你说话这口气我可不爱听，好像我是债主。"

开车那人笑道："我是在还我的情债还不行？谁叫我是个情种呢。"跟着他换一种柔和的口气说："即便将来你有了自己的车，我还是心甘情愿来接你，只想和你待这么一会儿。我这点儿心思你怎么就是不懂？"

蓝影居然被这人几句话改变了心态。她忽然笑了，红唇中露出雪白的牙齿，她向前欠着身子说："你不是说要带我去黄港一家农家乐吃海鲜？哎，你怎么不说话呀，滑头？"说话的口气变得和蔼可亲。

开车这人在蓝影的嘴里叫滑头。这大概是她对他专用的一个外号。

滑头说："我哪儿都想带你去，可哪儿也不敢去。你那张脸谁不认得？"

"这么说我的脸有罪？"蓝影装作生气。

"脸有什么罪，我是说你脸太漂亮了，谁看了一眼就忘不了！"

滑头真是太会说话了，一句话又把蓝影说高兴了。其实滑头就是滑舌。

蓝影说："那咱们就约好了，还去慕尼黑吧。我总怀念阿尔卑斯山上那小木屋，就咱两个人，再赶上那天外边下着大雨，多好。"蓝影说得很有兴致，但滑头没有接过她的话，她忽而转口又说："不说那个了，你早不再是那时那个'白马王子'了，哼！"她好像一下子又回到气哼哼的现实里。蓝影这人的心理和情绪原来这么不稳定。

滑头说："这些事咱们回头商量，你也不是能够说走就走。现在你马上就到电视台了。先问你，今晚你几点回家，我去看你好吗？"

蓝影说："今天不行，我今天要接连录两个节目。哎，你还是把车子停在我们台的楼后边吧。"

滑头说："遵命，小姐。晚上我可是有宝贝叫你开眼——开心。"

蓝影眼睛登时一亮，她说："骗我，你只是借口想见我！告我什么宝贝？"

滑头说："这么轻易地说出来还是什么宝贝。集团这两天正忙着改制，不停地开会。我今天晚上散会也早不了，不过我完事保证把宝贝送去，交给你就走，决不会——性骚扰。"他向后偏过脸，又露出狐狸那样的神气。

蓝影媚气地一笑："好，晚上见，手机定时间。咱有约在先，只准你那破宝贝进屋，人不能进来。"说完推开车门下车。

我也跟着穿过车门来到街上。

在穿过街道时，蓝影好像心不在焉，不远一辆轿车飞驰而来。我看她有危险，赶紧上去一抓她，想把她拉住。但我只是本能地去抓，忘了自己什么也抓不到。蓝影被对方车子紧急的喇叭尖叫声惊醒，机警地往后一退躲过了车子，我却栽出去，正被飞驰的车子撞上。我心想完了，但是我忘了，人间的一切惊险灾难已经都与我无关。我像一团透明的空气那样，眼瞧着飞来的车子从我身上穿过，唰地飞驰而去，任何感觉也没有。我被自己的神奇惊呆。

于是，我开始享受自己拥有的这种无比的神奇，我勇敢地站在大街中央，任由往来疾驰的车子在我身上驰过。我狂喜于一辆辆车子迎面奔来时，好似它们故意要撞死我，结果却从我身上流光一般一闪而过。还有一只挺大的飞鸟儿眼看撞在我的脸上，却也毫无感觉地在我的脸上消失了，回头一看那鸟，那感觉好似一架飞机疾速地穿过一团白云。我最后干脆躺在街上，任由各种车子在我身上碾来碾去。当一辆重型吊车轧过我的身体时，我感觉我已是街面的一部分。这种感觉让我狂喜异常。

这时，我忽然想起蓝影，起身一看，蓝影早不见了。

三

我去到电视台找她，她肯定已经到了台里。这个重要的新闻单位向来守卫得很严。由于各种在社会轰动的电视节目与响当当的人物都在这里诞生，里边一幢方方正正、乏味呆板的大楼反而让人觉得高深莫测。当初，我的那部二十万字的长篇小说《没有翅膀的天使》一炮打响时，电视台曾把我请到这里做过直播访谈，我那次的经历和感受却不美好。第一次面对摄像机的镜头说话，强烈的镁光灯又把我照得头昏目眩。当我想到千千万万的人正在电视机前听我说话，我生怕话说得不好叫人低看了我，更怕同行耻笑，原本想好的一些精彩的话竟然全忘了，脑袋里一片空白。你知道这“一片空白”是什么感觉吗？脑袋死机了，我像一个白痴，那种感觉非常恐怖。自从那次，我发誓再也不上电视。作家用笔说话，本来就不该靠一张嘴巴。

但是我今天来电视台，当然不是为了上电视，而是这位大名鼎鼎的女主持人把我吸引来的。我可不是盲目的追星族，我也说不好她身上的什么东西在引起我的好奇。

电视台大门严紧的守卫对我形同虚设。我大摇大摆地径直穿门而入，守卫们全然不知。我真像好莱坞大片里的超人了。

电视大楼一分为二，两边各有一个门。一边进去是行政区，一边是制作区。蓝影肯定在制作区这边，我上次被采访也是在这边。这边的人多，但与我无干，我直冲冲向里走，迎面而来的很多很杂的人全都一无所碍从我身上流水般地穿过，就像时间从我身上穿过。

这大楼的顶层很高，中间一条又长又宽的大走廊，横着摆了一排排椅子，乱哄哄坐着不少人，都是被请来做演播现场的观众。这些人等在那里不大耐烦了，有的说话，有的在吃东西，有的打瞌睡。走廊的另一边有许多门，门上边用挺大挺醒目的阿拉伯数字标着号码，门里边都是演播厅。我上次做直播访谈在第 6 号。我不知蓝影会在哪个演播厅里录节目，只能从第 1 号依次找下去。第 1 号演播厅正在录戏曲，第 2 号播送新闻，第 3 号没有工作，没有灯火通明，只有几个人在修机器……我随心所欲穿墙越壁。在穿过新闻演播厅后台一个小屋时，撞见了一个胖胖的中年男子正挤在门后边紧紧拥抱着一个娇小的女子狂吻。我吓一跳，跟着我明白对于他们我是不存在的。于是我站在那儿看了一会儿。那男子原本是戴眼镜的，此刻眼镜碍事，他手里拿着摘下来的眼镜，只顾贪婪地亲吻。他狂撕疯咬般的吻姿真像一只饥饿的动物。我是小说家，对人性的方方面面都不缺乏想象，可是一旦与这样的现实面对面，还是不免惊讶。这不是一个一本正经面对公众的工作场所吗？不是夜总会啊。他们的一本正经全是装出来的吗？这女子是谁，她是主播吗？这位手拿眼镜、发疯一般的胖子又是谁？

我没心思关心他们，我要找蓝影，我穿墙回到演播厅外边的大走廊。这时，大走廊前边好像出现了什么情况，乱哄哄挤着许多人，有人大声呼喝，我奔过去挤进人群。现在我挤进人群中是毫不费力的，因为我不占有空间。我突然看到被围堵和夹峙在人群中间的是一个夺目的女人，正是蓝影！她左右各有一两个身体结实、留平头的男人为她排难解纷，这些人大概就是人们常说的保镖了。她好像已经很习惯这种场面，丝毫不紧张，很从容，脸上的神情中混合着两种对立的东西，一是亲近的微笑，一是淡漠的疏离，我不知她是怎么把这两种彼此相反的东西混在一起的。反正此刻的她需要这两种东西。作为公众人物的形象她要表现出一种亲和，在过分热情的粉丝面前她又要拉开距离。这时一个人大声询问她：

“你和曹友东还有联系吗？今年情人节他送你什么礼物了？”

曹友东是谁？不知道。我只知道这种问题一定来自一个娱乐媒体。跟着一个女子尖声问她：

“听说你搬家了，你是搬到‘清溪畔’别墅里去了吗？谁帮你买的房子？”

这答案我知道。当然，不是清溪畔。我和她住的那个小区叫作“玫瑰园”，是个高档公寓。显然这个小编还都是捕风捉影，没有摸清她的底细。

这时，她一扭头正好面对我，她朝我看了一眼，我一怔，她怎么会看到我了，难道我还阳了？很快我明白了——我回过头去，只见我身后不远的地方站着一个男人，原来她是透过我，看一眼我身后这男人。我还发现，这人就是刚刚在新闻演播厅那个狂吻小女子的戴眼镜的胖男人。

她只看这人一眼，掉头就拐进 8 号门，8 号演播厅外有几间屋子，她推门走进一间，是一个化妆间。里边设施很简单，左右是化妆用的长桌，几把椅子，两面墙全是镜子。镜子相互映照，屋子显得挺大。我发现一个很奇怪的现象，镜子里没有我，我跑到镜子前使劲看，还是空空如也，没有自己。现在我没有任何恐慌了，有没有都无所谓了，反正我自己还能够感觉到自己。

我从人群中出来，站到了屋角。其实我站在屋子中间也不碍任何人的事。我选择屋角，只是出于一种想要好好旁观一下的心理。

蓝影坐在那里派头挺足，看她的举止和神气，她似乎很享受自己这种派头。她不时面对镜子看一看自己，好像挺欣赏自己。有人给她斟茶倒水，还有人来给她按摩肩背和颈椎。她不叫闲人进来，也不和人说话，不准任何人打扰她。当然，在登场演播之前她有理由需要平静。只是过了一会儿，一个络腮胡子、长得很结实的人拿着一卷纸跑进来，与她研究节目一些关键的细节怎么处理。我从他们的交谈中，听到她今天主持的是一个竞猜节目，内容与文学有关，这叫我分外感兴趣。但是我有一点儿怀疑——这样一个花瓶式的女人有足够的修养撑起这个文学节目吗？

随后就进来一位化妆师给她上妆。这位化妆师看上去很时髦，头发染成棕红色，脑袋后边梳成一个马尾，耳朵上戴着奶白色的听音乐的耳机，这使他一边走一边随着耳机里的音乐晃肩扭腰。他脸上皮肤粗得像牛皮，穿一件文化衫，手里提着一个花花绿绿的化妆箱。别看他外表花里胡哨，化妆技术却超高明。在极短的时间里一通忙乎，便叫蓝影加倍放出光彩。照在镜子里的蓝影露出满意的笑容。这化妆师说："其实你的双手也很美。哪天你做一档靠手说话的节目，你叫摄制组多架一台摄像机，专拍你手的特写，我给你的两只手好好捯饬一下，保证出彩。"

蓝影笑道："看来我可以跟着刘谦表演变魔术了。"

化妆师说："我教你一手魔术。"说着居然把手从蓝影胸前的领口伸进去。这人胆子竟如此之大！

可是蓝影并没有发怒，只一打他的手说："你不怕人看见！"

化妆师笑嘻嘻说："我不怕，你怕。"说完把手抽出来，提起化妆箱又说一句："节目完了尽早卸妆，你脸上的色斑可见多了。"说完便走了。

原来电视后边，远比电视上的节目叫人惊奇得多。

化妆室只剩下蓝影一人。虽然还有我，但我是不存在的。

化妆后的她依旧坐在那里，在等待节目开始吗？这当儿，她忽然显得很疲惫，垂下头来，似乎在想什么。再抬起头来面对镜子时，她的眼睛神情特别。我跑过去，与她面对面，反正我不存在，我可以近在咫尺地瞧她。我惊讶地发现她眼睛好似秋天的旷野，一片空茫，荒芜又冷漠。我从没看过这种眼神。这眼神与她外表的光鲜和高傲可不一样。我想到了我写过的一句话：

眼睛的深处一直通着灵魂。

四

当蓝影穿着她标志性的蓝色长裙从幕后信步走到璀璨夺目的舞台上，真是太美、太动人、太夺目，优雅从容，仪态万方。美的自信使她更美。她的魅力带着压倒一切的气势。尽管演播厅的观众席最多不过二百人，但瞬间爆发出的欢叫与惊呼声有如排山倒海。蓝影站在舞台中央，面含微笑、落落大方地接受人们对她忘我的喜爱。只有真正的大明星才有这种气质。这种气质既叫你感到亲切，她又高高在上，与你拉开距离，叫你觉得她高不可攀。

她这条蓝色的长裙做工考究，材质柔中有韧，光泽撩人，然而这裙子上却几乎没有一点儿装饰。它一定来自一位顶级的崇尚简约的服装设计师之手，把一切高深的功力都用在剪裁上。这剪裁是一种造型，刚好把她体形优美的线条勾勒出来，高贵之中还含着隐隐的性感。其余便只有一条天青色的薄纱，绕过她挺直的后背，再穿过她双臂的臂弯，长长又飘逸地垂下来。这就足够了，不应该再用什么华丽的饰品出来炫耀，打扰人们去关注她那张美艳绝伦的脸。

同时，我还领略到刚才那位带点儿流气的化妆师技术的高超。我在蓝影的家里看过她素颜时的本来面目，也看过她化妆后如何焕然一新。刚刚在化妆室里，那位化妆师只是给她再做一点儿提升而已，可是不知那个化妆师用了什么绝妙的手段或材料，使她这张脸给舞台的强光一照，加倍地焕发光彩，透明、纯净、明媚，却又不失含蓄和内敛。她似乎告诉你，真正女人的美不是向外夸张，而是向内蕴含。此刻她这张脸，便分明是那位化妆师的“作品”了。他提升甚至再创造了她的形象。她当然知道他的必不可少，所以才忍受他的鄙俗与狎邪。难道这都是她必须付出的一种代价吗？也是一个大明星必须付出的成本吗？

忽然，我发现自己现在竟然站在舞台上。我这样一个与节目完全无关的人，竟然碍手碍脚地站在主持人身前，怎么没有人感到奇怪，没有电视台的工作人员拉我下去。跟着，我又笑自己，怎么又忘记自己是一个根本“不存在”的人了。这时，我已经注意到舞台的灯光打在我身上，竟然没有任何光亮，我还发现——自己没有影子！我试着在舞台上又跑又跳、胡跑乱跳，都不会与任何东西相撞，也没有声响。于是我便大模大样地在舞台中央盘腿一坐，嘿，谁也不可能像我这样看录制节目！从一早起来，我没吃早餐，折腾到现在，居然不渴也不饿，我是一个活人吗？我还是一个活人吗？这样活着有什么不好?

我来不及往下想，她的节目把我吸引过去。

蓝影问一个竞答的年轻人：“你能说出三个被唐诗描写过的著名的古建筑吗？你听好了，回答我这个问题还有两个附加条件。一是你必须说出这首唐诗的作者，并背诵出其中的一两句诗；二是你所说的这座古建筑必须今天还在，不能是已经损毁的。明白了吗？好，现在请作答……”

她说得流畅又清晰，显然她上台前做足了功课。

竞答的年轻人虽然看上去只有十四五岁，胖头胖脑傻乎乎，却挺厉害，开口便说：“一是黄鹤楼，作者李白，‘故人西辞黄鹤楼，烟花三月下扬州’。二是滕王阁，作者王勃，‘滕王高阁临江渚，佩玉鸣鸾罢歌舞’。这是一首七言律诗，我就不全背了。”

蓝影笑了，对这年轻人说：“王勃这首诗是他写在文章《滕王阁序》结尾的诗，不大好背诵，你能背出这两句就很不错了。”

这年轻人竟然说：“《滕王阁序》全文我都能背。”他说得挺认真，又十分单纯。

演播厅里一片笑声，蓝影大笑，笑得很亲切，她表现出对这年轻人的喜爱，她说：“你真棒！但今天你先别背，你留一手，下次我们有古文竞猜竞答节目时一定请你来。你别忘了，你现在只答出黄鹤楼和滕王阁两个，还差一个与唐诗相关的古建筑没回答呢。”

这年轻人下边的回答好像一直在嘴里，他张开嘴就出来了：“寒山寺，作者张继，诗名《枫桥夜泊》，‘姑苏城外寒山寺，夜半钟声到客船’。”

观众席一片掌声。

蓝影露出惊讶，叫道：“你这么有学问，我都快成你的粉丝了。你在大学读博吗？”

年轻人说：“我初中二年级。”

蓝影说：“现在真是后生可畏，这么年轻就满腹诗文了！”她的主持真有魅力，亲和、自然、诙谐、放松，声音还分外好听，而且她掌控场面的能力极强，想放就放，想收就收。这使得现场生动活泼，很有气场。她忽问这年轻人：“你这么喜爱古典文学，也喜爱读当代的文学吗？”

这年轻人听了，有点儿发怔，迟疑地说：“读过一些。”

蓝影说：“我市近几年冒出一位作家，现在很红，他有一本《没有翅膀的天使》你读过吗？”

我像当头给敲了一棒，震惊！完全没料到她会突然说到我。我完全蒙了。我居然这么知名吗？我很惊奇，我和这位名主持人毫无关系，她怎么会如此响亮地把我的作品说出来？难道她知道我在现场，不不！我刚才在她屋里她都不知道，现在怎么会知道我在这里？这是怎么回事？我一慌，蹿起身子，掉头便跑，我感觉有人喊我、有人拦我、有人抓我，其实没人，只是我的错觉而已。我穿过物体穿过人穿过墙，穿出演播厅，穿出电视大厦，一直跑到街对面的一棵大树下边一个水泥墩子上坐下来，过了好一会儿，才使自己一点点平静下来。

这时再去想，反而更糊涂。我对蓝影更加不解，这个流光溢彩的娱乐名人居然喜欢读书？而且是读我的书。我这本书可是一本纯文学啊。在文化娱乐的时代，纯文学快要孤芳自赏了。只有深爱文学的人才会读纯文学。于是我对她产生了一种好感。这好感当然首先源自她是我的读者。作家总是对自己的读者有一种特殊的亲近感，自己真正的读者不就是自己的知音吗？蓝影真会是痴迷于自己的精神上的知音吗？这使我不由得对这位非同一般的读者产生了进一步的关切。

等到我穿墙入壁再次进入电视大厦、进入演播厅，里边已经空无一人，只有舞台上的空气里还有一点儿蓝影留下的香水的气味。我转身穿墙入壁，里里外外找来找去，我将大小十个演播厅全都找过也没见到她。我怅然若失。她会去哪儿？我对她究竟了解极少，她去哪儿都有可能，我唯一可以找到的只有她家——她工作结束之后总会回家吧。

五

我不能乘坐电梯，因为我的手指无法触动开关键，我不能启动电梯，但爬楼梯却很容易，我身轻如燕，几乎是几步就蹿到了楼上。

她家的防盗门对我毫无用处，我轻而易举地穿过金属的门板，进入她的房间。我一入房间便觉得空屋里有一种特殊静谧的气味，似乎房里没人。空屋里的气氛总是异样的。我里里外外到处看看，果然没人。她还没有回来。这使我有机会把她的房间细细观察一番。我虽然没有窥私欲，但我想了解她。

可是对于现在的我，想再进一步了解她，根本没有可能。因为我只能用眼睛去看摆在屋里表面的物件，无法用手去打开柜子、拉开抽屉、挪动和掀开任何东西，人间的一切无法奈何于我，我对人间的一切也全都奈何不得。我好奇她桌上一大摞做节目的文案。我很想知道刚才她提到我的小说——这到底是节目编辑组给她设定的内容，还是她自己真的看过我的书？这答案应该可以从节目的文案中找到。可是我无法掀动这些纸张。我想从桌上的笔筒里拿出一把小裁纸刀来掀这些稿纸，可是我怎么可能捏起裁纸刀来？我的手指好像是透明的、非物质的，我只是一团虚无的空气！

我在她房间好似飘来飘去那样走来走去，感觉不到鞋底在地板上摩擦，感觉不到自己的身体有重量。我现在最关心的不是自己，而是她。反正她不在，我便得以从容地细心查看这位名人的个人世界，看一看“名”后边的“人”。当然，我最想知道的，还是她是否真的关切过我那本小说。

她的房间和隔壁我的房间的房型完全一样，只是方向相反。我家下了电梯从左边进单元门，她家从右边进单元门。进门一个方形的衣帽间。她的装修比我讲究，整个衣帽间都用西班牙米黄色大理石作为饰材。迎面摆着一个现代风格线条流畅的黑色条案，中间一个朱红釉色的陶罐，插了一束蓝铃花。这花的蓝色与她在舞台上那蓝裙子是一个颜色。蓝色是她的标志色吗？蓝铃花是假花，但最好的假花像真花，正像最好的真花像假花。花上边是一幅抒写秋天的风景画。这样的布置叫人一进门就会感到放松，就想到去享受一下生活。她挺有品位。衣帽间的一边是鞋柜和衣架。我发现衣架上挂着一件男人的外衣，她有丈夫？不不，她的房间分明是一个单身女人的住所。

她室内的格局也和我的一样。房间一大一小，一个设施齐全的卫生间，一间宽绰的兼可用餐的开放式的厨房，厨房外还有一个不算小的阳台。这房子是去年房价正低的时候开盘的。我凭着自己两三本畅销书获得了相当可观的稿费，加上从银行拿到的贷款，买下我那套房子。我喜欢这公寓式房子房间的结构，大间很宽敞，朝向好，又安静。我需要安静，这房子南面正对一个老公园，树非常茂密，早晨可以听到清亮的鸟叫。

我把大间作为书房兼客厅，小间当作卧室，小间的空间也不小，除去床和衣柜，我也放了一张书桌，有时夜里忽来了灵感，便起来写一阵子。

她这房间的使用与我不同，大间是卧室。虽然只她一人，却摆一张很大的双人床。屋里虽还整齐，但床上被子不叠，乱作一团。她是不是每天起床都不叠被，晚上倒下便睡？她还有一个更乱的地方是化妆台，台上各种瓶瓶罐罐、梳子、刷子、剪子、镊子以及不知名的稀奇古怪的器具，乱堆乱放，混乱不堪，好像一个修理工的工作台。

她房间里的家具多半都是新的，她喜欢现在流行的简约式样的造型，颜色多为蓝白黑灰，连沙发靠垫、桌布和窗帘也是深浅不同蓝色的。她为什么这么喜欢蓝色？包括她那条从不改变的舞台服——无比光鲜的蓝长裙。我忽然想：这是不是与她的名字“蓝影”有关，肯定是！她太自恋了吧！还是受了符号化、标志性以及“Logo”等商业形象思维的影响——为了加强自己给公众的印象？或许她没有想得这么深，只是因为她是一个流行于娱乐圈里的人物，很自然地会受这种商业文化的影响罢了。

我没有在她的大房间里看到叫我特别关注的东西。我便去到她的小房间，那里好像一个储藏室，堆满杂物，大概她刚搬来不久，许多东西还没时间整理。靠东墙一边堆着很多搬家用的规格一致的牛皮纸箱，有些箱子还贴着封条没有打开，箱子外边用马克笔标着号码或写着里边的东西。有“生活杂物”“食物”“资料”“鞋”“工具”等等，还有几箱是“书”。她看什么书？文学书？她喜欢看哪类文学书？我一回头，看到一摞纸箱上有一本书，像是随手撂在那儿的，封面非常熟悉，啊！竟然就是《没有翅膀的天使》——我这本当下正红得发紫的小说！我禁不住惊喜地发出声来，她真的看过我的书，而且是我的粉丝！我这么肯定，是因为我看出这本书已经被翻了许多遍，封皮都卷了。我还发现里边有两三处被折页。我仿佛不存在的手指无法打开书，不知她关注的是哪页。

她一定和我海量的粉丝一样，被我的女主人公曲明珠的命运打动了。我那个主人公是个淮北的农家女，怀着一团发光的梦走出世世代代的羁绊着先人们的穷困的农耕生活，到深圳打工。在底层的煎熬中一点点挣扎出来。每一步都脱一层皮。她抛掉一个真纯却贫穷的男友，一次次出卖自己，付出的代价匪夷所思，最终如愿以偿地站在万贯家财之上，成为一众企业家中大名鼎鼎的女强人，但在世人的视野之外她却是一个心灵上荒凉寂寥的孤家寡人。我把一个费解的答案留给读者自己去思考。在金钱至上的市场时代，你最终选择有真爱的人生，还是一个被庸人们膜拜、披金戴银的偶像？不是说二者不可兼得，二者兼得者凤毛麟角。如果不能兼得，你想做一个割掉翅膀的天使吗？

我在小说中说了一句话："没有爱的人生才是一个失败的人生。"

我的这个人物触动过许多人心灵的隐秘。

在我从小房间走回到大房间时，我发现蓝影床前地上有个纸条，我走过去蹲下来看，是一张写了字的纸条，但是有字的一面在下边。我伸手过去想翻过来看，自然是徒劳无益。忽然，右前边很近的地方有个东西吓我一跳。一看，原来是那只大黑猫。它一直静悄悄蹲在那里吗？它瞪着一对亮晶晶的黄眼睛虎视眈眈地面对着我。我仍然不明白，它到底是能看见我，还是只是凭着某种动物的灵异？

忽然，我脑袋里蹦出一个很聪明的想法，能不能叫它帮忙把地上的字条翻过来？

于是我朝它大叫，挥舞双手，做搏斗状。黑猫好像看到了我，又像没看到我，却朝着我发出呼哧呼哧愤怒的声音，然后挥爪扑打。但我们谁也碰不到谁，我们分明是在阴阳两界，我们只是隔空相搏。我按照自己的想法，一边和它"打斗"，一边把它引到地上的这个字条旁。它和字条都是现实世界的。在它身体的翻滚中，尾巴一甩，真的把那字条掀了过来，朝上的一面有一行字，我探着身子去看。不管黑猫怎么对我扑打，反正丝毫伤不到我。我看到纸上有一行小字：

今天完事后渔人码头见！

这“渔人码头”肯定是指西城门外那个海鲜店。“今天完事”四个字肯定是指节目录完之后。关键是这短短的十个字中有一种命令的口气。这人是谁？不像是上午开车接她来的那个“滑头”，滑头不是今晚要给她送礼物来吗？这人与滑头绝不是一个人。这另一个人是谁？

我想：我应该到渔人码头去看看。

我很快起身真的像游魂一样飘然走到她的屋外。

六

我走出小区来到了街上，很快便陷入困顿。渔人码头很远，快到海边了，我怎么去？我只知道那个消闲酒店的店名，没有去过。我既不能打出租车，也不知怎么乘坐公共汽车，又无法找人问路。我想了各种办法，最终是没有办法。我回到小区内，在树丛边一张长椅上坐下。

我坐下来，并不是因为累。自从清晨我穿墙进入蓝影房中，一天来，我还是没弄明白，自己到底是不是真的已经死了，成了幽灵。我几次想穿墙回到自己家中弄个明白，但是我不敢回去，我怕自己真的死了，怕回去看到躺在床上早已气绝身亡的自己。我知道只要灵魂一旦离开肉身再不会重新返回。到了那个时候肉体只是人间的垃圾等待处理，灵魂却四处漂泊，在茫茫宇宙中浮尘一般找不着归宿，就像我现在这样。我不知道我将面临什么。

我一直没有饥饿感，不需要吃东西喝水，也不需要睡觉和休息。原来离开了现实和实在的生活，就没有任何目的了。没有人间的种种烦恼，也用不着去看《佛经》。可是——没有任何事情等着我做，又没有任何事情想去做、需要做、等着做，这是一种什么感觉。一切一切，包括“我”都变得没有意义。没有意义、没有价值、没有向往、没有目的、没有内涵、没有限定，就一定不再是人间的生活了。这是超越生命的一种状态吗？这就是人所追求的一种纯粹的自由与永恒吗？自由一定是在不自由中才有魅力，永恒一定要在“人生苦短”中才令人神往。可是，这些都是人间的道理和生命的道理，一旦死了，也都没有意义。

正为此，我不想回家，不想证明自己真的死掉，我怕自己死掉。我多么希望现在发生的事只是一个噩梦，醒来后我将感到无比庆幸。我会说：“哦，可怕的东西全过去了，一切一切，原来只是一个恐怖的梦魇！”

可是，现在我又无法证明这是一个噩梦。我真切感受到的——我是一个无法与人间的一切发生任何关系的虚无的游魂。

可能由于我刚刚来到这“另一个世界”，身上还残存着不少人间的记忆和人间的感觉，比如时间感。我知道这些记忆与感觉早晚会从我身上消失。可是我现在还有时间感，我感到我等蓝影等了太久。天已经黑了下来，还不见她回来，我便走出小区，到外边看看。刚走出小区，只见东边走来一男一女两个人。尽管那女子额前垂下的头发挡住半张脸，我还是一眼就看出是蓝影——她的体形太出众了。另外那个男人，我也马上认出来，是在电视台见过的那个圆头圆脑、戴眼镜的胖子。我本能地向后缩身躲避，当然我根本无须躲避。叫我奇怪的是他们到了玫瑰园小区门口，并没有走进去。尤其是蓝影，好像这小区与她无关。为什么？她故意装的？她不想叫戴眼镜的胖子知道她住在这里吗？显然，胖子不清楚她具体住在哪个小区。

他们俩继续往前走，待他们至少走出去长长的三个路口，来到另一个名为“天上人间”的小区前。蓝影站住，对这个胖男人说：

“好了，我到了，你回去吧。”

胖男人说：“噢，你搬到这么高档的地方。我送你进去。”他说话的口气好像下命令。

蓝影一笑，对他说：

“主任，你不怕人看到你？我刚才告诉你了，一会儿有朋友来串门。再说，我妹妹住在我家，我妹妹可在台里见过你。”

这胖男人原来是她的一位上司。他问蓝影：

“什么人这么晚还来串门？”

蓝影冷笑一声说：

“当然是我的朋友。我的朋友都是女的，你的朋友也都是女的，而且愈来愈年轻化。”

“少说。”胖男人说，“这不能怪我。都是她们往前凑，我都不爱搭理她们。”

“你以为你是靓男啊，谁会凑你。”蓝影依然冷笑地说。

胖男人被伤了自尊心，反唇相讥：“你！你忘了自己是怎么上来的吗？当初你那些心思——嘿，台里的人心里都有数。你给我惹的麻烦还少？”

“滚！”蓝影被惹火了，突然吼一声，扭身进了小区，看样子真像回家去了。

我是作家，从他们这简短的几句对话，无须猜想，已经很清楚他们之间是怎么回事。

这么一来，胖男人自然不会再跟她进去，招呼一辆出租车，坐上车走了。等到我扭头再看，蓝影早已走进小区，不知去到哪里，正想该不该进去找她，忽听一阵皮鞋的脚步声从里边清晰地传来，一看正是蓝影。她走出小区看看左右没人——那个胖主任已经离去，便招呼了一辆出租车。她钻进车，我赶紧过去穿车而入，坐进车里，很快随她一同回到了玫瑰园。

蓝影真有办法，她就这样甩掉了她的上司。

她开门进屋，那只跛脚的黑猫迎了上来。她和它打个招呼，把外衣和手包往椅子上一扔，转身一扑趴在床上。一只鞋掉在地上，另一只鞋还在脚上，她已经一动不动好像睡着了。显然她已经精疲力竭，散了架，看样子更像一盆水泼在床上。那只黑猫跟过去跳上床，不再打扰她，而是温驯地倚在她身旁，静静蜷曲地卧着，似乎每天她回到家来都是这样。但现在这黑猫始终保持清醒，主人闭眼睡着，它睁眼相守，那对黄眼睛一直警惕地朝着我的方向。在它匪夷所思的灵异中，肯定有我的存在。

我倒退几步，坐在床前的沙发上。这细羊皮沙发看上去很讲究，不过我感受不到沙发的舒适，我的身子好像陷在沙发中间。我在这里静静地等候，因为知道那位给蓝影购房的

“滑头”还要来送礼物呢。

等到房间完全黑下来，忽然有人按铃敲门。蓝影被吵醒了，应声回答。她起来、穿鞋、开灯，抓起床头柜上的一杯水喝了，然后一边用手整理头发和衣服，一边走到门前把门打开。进来的果然是滑头。滑头有备而来，穿着休闲却又考究，头发喷了胶，皮鞋擦了油，上下全是又黑又亮。他满脸微笑，目光灼灼，显得兴致勃勃。应该承认，滑头的外表相当清俊潇洒，真有点儿像电影明星。

蓝影带着一点儿睡意地说：“人家正睡得香呢，你硬把我闹起来。”只是不知她这睡意是不是装出来的一种诱惑。

滑头说：“咱是说好晚上见的。我可是来送礼的，官儿还不打送礼的呢。你要是不要我马上就走。”他说着，一边举起一个很漂亮的小纸袋在她眼前晃。

蓝影一看，改了口气。“什么破东西，又来蒙我不懂。”蓝影说。

说话间，滑头已经从纸袋内掏出一个包装高雅、深红色、系着金色细缎带的小盒递到蓝影手中。他叫她自己打开。

蓝影一边拆包装一边说：“潘多拉的盒子吧……”可是当她打开包装纸，掀开一个真皮上烫着金字的小首饰盒的盖子一瞅，不禁哦了一声。

“你拿出来瞧瞧。”滑头说，“世界上最不会骗人的就是我。”

蓝影两只手从盒子里各捏着一串东西提了出来。这东西小巧玲珑、晶莹璀璨，是一双相当华美的水晶耳坠！

滑头说："你戴上去看看。"又说："这可是最新款的奥地利水晶。施华洛世奇！钻石都没法比！"

蓝影不再讥讽他了，乖乖地到化妆台前去试戴这水晶耳坠。这期间，那只黑猫一直围着滑头转，显出他们很熟识。滑头对黑猫笑嘻嘻地说："别急，也有你的，只要你不打扰我们就行。"说着他从随身公事包里抻出一袋猫食，走到屋角，撕开袋子，把一袋子猫食全倒碟子里，对黑猫说："这是加拿大进口的猫粮，你说我待你好不好？"

不知他这话是对黑猫还是对蓝影说的。

蓝影在化妆台那边接过话说："你当然得对它好了。当年它在街上差点儿叫车轧死，是我把它抱回来的。我俩相依为命，它就是我妹妹。"

蓝影这话却叫我得知这只瘸猫的来历，也使我对蓝影的认知更加深了一层。

这时，蓝影从化妆台前站起身来，这对耳坠确实太华丽了，两束水晶，都是由几百颗细小的水晶组成，而颗颗水晶全都切面精繁，随着蓝影一走，头儿得意地一摇，肩儿一晃，腰儿一摆，耳下的水晶闪耀出亮晶迷人、细密又夺目的光彩来。这一来，使蓝影的脸更加娇艳，整个人更加高贵。滑头很有眼光。

蓝影笑吟吟到滑头面前，面对面。滑头问她：“怎么感谢我？撵我走吗？”

她扬起花一样动人和芬芳的小嘴要吻他。滑头伸手推住她迎上来的身体，说：

“不不，我还是要你着盛装。”

什么叫盛装？我不明白。

此时蓝影似乎很依从他。只见她转身从衣柜里拿出一件蓝色的长裙和一条浅蓝色的长纱，去到卫生间里，关上门。这蓝裙不是和她在电视节目中那套标志性的演出服完全一样吗，为什么家里也有一套？难道在家里也需要演出吗？不一会儿，卫生间的门一打开，她走了出来。一瞬间我觉得她一如在电视台演播厅登台时那样光彩照人，尤其戴上了这对水晶耳坠，更加华美夺目！令人惊奇的是，此时她的神气、姿态，一举手一投足，乃至整个气氛，都与她在演播厅台上的“范儿”完全一样。不同的是，现在只有一个观众，就是滑头。

滑头起劲地拍起巴掌。在他的兴奋中似乎还有一种叫人莫名其妙的满足感。下边出现的一幕叫我惊讶不解了。他的眼盯着她，目光里冒出一种极度的迷醉与贪婪。他走过去，居然动手将她的长裙一点点脱掉，他的动作很慢，似乎在玩味着自己的行为，蓝影则一动不动任由他放纵。随后，他忽然把她拥到床上。那动作像是一头豹子扑向一只羚羊。我不想再去说我看到了什么。

我不明白这是怎么回事，这只是一种偷情和婚外恋吗？这是一种两情相许、另类的情爱吗？不不，我看不是。他为什么非要她穿上一位明星标志性的服装再去占有她。难道这样才显示只有他能够拥有众人艳羡、高不可攀的偶像，才是一个男人在财富上获取成功的体现？其实，这些已经不该是我想的了，我与实际的人间生活无关，自然也与现实的问题无关。

于是，我既无悲哀，也无愤懑，一切一切，与我无关，我现在是极度的自由。我想起雨果在巴尔扎克墓前的那句话："死亡……是伟大的自由。"

滑头干完事，带着满足走了。钟表上的时针不到十二时。整个后半夜，她似乎都在一片不安与缭乱中。本来她该好好睡一大觉，但是她好像翻来覆去一直不能入睡，特别是她接过一个手机电话后就更加烦躁。我听不到电话，不知道内容。黑猫确是她的妹妹，偎在她身边，用又厚又软的舌头舔她的手臂与肩膀，这是猫安慰对方的方式。她两次起来吃药。吃的是镇静剂吗？但她吃的药非但不能安慰她，反而使她变得更加焦躁。她跳下床，赤着脚跑到小房间居然把我那本小说拿出来，本来我以为她想用我的小说做伴儿，我的小说能给她以安慰吗？谁料她忽然将我的小说从中扯开，一通发狠地撕扯，撕碎的书页遍地都是。难道我的书惹起她的烦恼？哪些内容叫她如此愤恨？

大约四点钟，也就是夜最深的时候，她走到窗前，打开窗户，夜风吹起她的头发，她需要清醒？不，她蹬上窗子。她要跳楼吗？没有，她只是面朝外坐在窗台上，两只赤脚却垂在窗外。这样做十分的危险。她的情绪不稳定，一阵阵流泪。我不了解她，只能猜测她。一天里她给我太多的意想不到，尽管我对她的了解还都是一些支离破碎，有些细节、人物、人名、行为还都是谜，但我已深切感受到她在社会光鲜的背后竟有那么多穷山恶水。她忽然自言自语的一句话令我吃惊："小山，咱们那边见吧。"这小山又是谁？这很像我小说中被女主人公曲明珠抛弃的那个曾经的青梅竹马，一个因自己负心而殉情的昔日情侣？不会吧。此刻我担心的，还是她一时难以摆脱内心的困顿而跳下楼去。我没有办法拦住她。现在只有靠那只黑猫了。但黑猫也上了窗台，并死死地卧在她的怀里。难道这灵异的黑猫已有了某种不祥之感？

可是最终谁也拦不住她，她忽然抱着黑猫一起跳了下去！她为什么抱着黑猫一同坠楼？她一定知道，一只跛脚的丑猫是很难在人间生存下去的。

我扑上去，一把去抓她，我以为自己抓住了她的胳膊，实际上什么也没有抓到。一把抓空，眼见着她坠入黑洞洞的深渊一般的楼下。

我吓得失魂落魄，不知往哪跑才是，慌乱中也不知穿越了哪些地方。突然，我觉得自己在一个热烘烘、十分柔软的洞里。我用手摸摸周围，的确很柔软。我不是已经变成一个游魂，已经没有任何物质性的触觉了吗？怎么会感觉到一种柔软的物体？这时我听到一阵铃声就在耳边。我努力用两臂支撑，猛一使劲，竟然从一个裹缠着我的被窝里挣脱出来。我原来在我的家，我的屋里，我的床上。铃响是我的手机的来电呼叫。

我忙接听手机，一个人在话筒里叫着说：“一天给你打七个电话，你怎么不接？”话筒里的声音又大又急。

谁的声音，怎么这么熟悉？在一团混混沌沌中忽然明白过来。噢，是出版社我的小说编辑黄森。这个人怎么有恍如隔世的感觉？

“什么事？”我说。

“提醒你别忘了星期天下午三时的读者见面会。报名的人都爆棚了。多带几支笔啊，肯定要一通签名。”黄森说。

“知道了……”我回答。

他说的话都像是隔世的事，我自己也像隔世的人。

我费了很大劲才弄清，我没有死，我捏一捏自己身体各个部位，感觉正常，居然不再有那种神奇的虚无和“不存在感”。我跑到外屋对面墙壁前，大着胆子试试能否再次穿墙进入蓝影的房间，但每一次都是手指戳在坚硬的墙壁上。再使劲一戳，居然很疼。此后几小时里，我由于曾经身为游魂，习惯使然，总在屋里撞东撞西，我的脑袋还在门框上撞了一个大包，被桌腿绊个跟斗，还把一个暖瓶踢翻，摔得粉粉碎。于是，我不停地在屋里做各种事情，不停拿东西放东西，穿袜子脱袜子，用电脑写东西，发微信，打电话，才使自己慢慢恢复了一个活人在现实世界全部真实的知觉。那么此前我的经历只是一种幻觉、一种梦游、一种因用脑过度而走火入魔，还是真的死了一阵子又神奇地还阳了？如是这般，蓝影一定已经死了。因为她纵入一片可怕又漆黑的楼下那一幕，我历历在目。

傍晚，我出门想买点儿吃的。刚下楼，在小区的走道上，我忽见一个人迎面匆匆走来，竟然是美丽的蓝影！她没有死？还是一个曾经和我一样死后的游魂？我脑袋里有点儿混乱。她分明活着，她身上香味儿四溢。她和我擦身而过时瞥了我一眼，只看一眼，没搭理我。昨天的一天里，我对她已经很熟了，她对我却依然陌生，她不是看过我的小说吗？我也是在媒体上常常出现的名人，她若真看过我的小说，应向我点个头，看样子她根本不知道我。那么，昨天种种的事就纯属一种虚幻。

可是，更不可思议的事是：当天晚上我在家看电视，电视里正好有她的节目。她依然穿着那条光鲜而修长的蓝裙子，一张美如天仙的面孔，好似发光一样明亮的声音。忽然我呀的一声叫起来，把手里的一杯咖啡扔了。因为我发现了她耳朵下闪闪烁烁、五光十色地垂着那对滑头赠送给她的奥地利水晶耳坠，谁能向我解释这是怎么回事?

末日夏娃

前 记

这是一部日记，准确地说是一部日记的续篇，或是一部未来日记。

马克·吐温在 1906 年出版的《夏娃日记》（下称《日记》），终于使世人穿过他惯常的令人眼花缭乱的机智，寻到了他近于木讷的淳朴的心灵本质。这完全是由于夏娃。作家笔下的人物常常会反过来影响甚至改变作家自己。不管马克·吐温在夏娃身上融入多少他对世态人生敏锐的洞察，他还是被夏娃的圣洁纯真所感染，不觉间泄露了自己的心灵真实。然而，他只写了“创世记”时代那几页，并没有涉笔于夏娃的未来，于是我心领神会并感谢马克·吐温先生——他似乎有意把这日记的未来部分留给我来写。尽管我至今仍不明白他为什么这样做，却动笔写起来。马克·吐温所写的是夏娃过去的日记，我写的则是夏娃未来的日记。这样，我的幸运是，看到了他的夏娃那份自在与欢愉；他的幸运则是，没有看到我的夏娃竟然如此困惑与绝望。其实，夏娃并不是谁写出来。不是她生育了人，而是人创造的她。人类始终都在决定着自己的一切。她既然可以使一切诞生，就一定能使一切灭亡。

因此，从写作的意义上说，马克·吐温所写的是一部虚构的夏娃的日记，而我所写的则是一部真实的自己的日记。我常用自己的而非夏娃的口气说话不可，这一点读者一看自明。其缘故仍然如上所述——我受了“我的夏娃”的感染。

——作者

星 期 三

起始的记忆是没有形象的。我好像从很深很深的什么地方升上来，一直升出地表。第一眼看到的便是天空中一排九个太阳。它们距离相等，从西南端一直排到东北端，气势非常壮观。然而它们并不光芒四射，就像九盏硕大无比的吸顶灯，又白又扁，光线柔和。当这光线照在我赤裸的身体上，就像盖上一层光滑透明的被子。我坐起来，闪亮的被子也随身而起，这感觉真是奇妙无比。可是我有点儿奇怪，阳光怎么不热呢？阳光的存在不就是靠那么一种晒人的感觉吗？于是，被子的美妙和舒适之感骤然消失。我想掀开被子逃出来，但我发觉根本无法做到，因为我已经被这种异样的、非常不适的光线所包裹了。

浑浑噩噩中，我觉得好像以前什么时候也有过类似现在这种体验——人类先有“感觉”，再有“意识”，最后才是“精神”和“思想”。这是一个生的全过程，死的过程正好倒回去。因此，只有“精神和思想”的出现才算是人的完成，否则人类永远会陷在杂沓的感觉和混沌的意识里。但是，“精神与思想”走到了极致之后，是否会迷失在更混杂的感觉与意识中？

从来没有谁能够回答人类，都是人类在自己回答自己。

今天正是这样！待我站起身来，出现在眼前的一切，使我所有的“精神与思想”都像黑压压站满树枝的受惊的鸟哗啦飞去。空空如也的脑袋里全是感觉的碎块和直愣愣的惊叹号——我看不明白，正前方远远的大地上，堆积着那大片大片奇形怪状的块状物体是什么。是垃圾吗？可是最小的一块至少比五百个我还高。谁会创造如此庞大的垃圾呢？这些物体大多是黑色和紫色的，刀削一般光亮的平面或斜面，把天上众多的太阳斑斓细碎地反射出来，乍看很像是那些太阳掉落下来跌得粉碎的景象。一种近于凝结的死寂的气息使这一切更加怪异。可是我的左边，完全是另一种风光。整个原野上横竖整齐地摆放着足有几万个完全一样的长方形银色的框架，看来是用来建造高楼大厦的。框架里空荡荡，每个框架中间只有一个金属球儿，下边接连一个酷似弹簧的东西。它们在地上一刻不停地蹦跳着。这些弹簧球儿好像很情绪化，有时显得很平稳，跳起来优雅又有节奏，完全可以跟着它的节拍唱歌；有时却变得兴奋高亢激动勃发，胡蹦乱跳蹿出框架，一下一下地高高弹射向天空。在我看来，弹射的轨迹都是发泄性的线条。跟着我看到一个奇异得足以震撼人的场面，就是天上忽然浮现出一个极其浩大的嘴唇，足有二十公里长。唇缝部位是鲜艳夺目的湿漉漉的玫瑰红色，唇边四周颜色渐淡，这嘴唇的感觉松软如烟，很像夕照燃烧的云霞。大嘴唇缓缓蠕动，好像要亲吻什么，伴随着蠕动，唇边四周云烟般的丝缕就像水草那样飘摆，唇瓣中的液体似乎要流淌出来。突然这大嘴唇向下一拥，我感到整个大地都为之震颤，还有一种要被这大嘴唇吞进去的感受，定睛再看，巨大的嘴唇居然不见了。它在天上隐没了。所有弹簧球儿都像撒了气那样疲软地散落在地上。

随后我发现，每当这些弹簧球儿的激情到达高潮时，这大嘴唇便浮现出来一次。而大嘴唇那铺天盖地的一吻，似乎就是为了平息这些小弹簧球儿难耐的狂躁。我反复看了几遍，便被这些怪物们毫无变化的机械式的重复动作弄得十分乏味，甚至感到厌烦。于是我又发现，这种惊天动地的行为，怎么不出一点儿声响？我拍了拍手，确认不是我的耳朵有问题，奇怪！难道声音被泯灭了？谁消灭的？究竟又是怎样被消灭的呢？而失去了声音和失去了晒意的阳光一样，都有一种无生命的空洞和可怕。

一个更可怕的发现陡然在我的脑袋里出现。为什么没有人？到处可以看到人制造的事物，怎么独独看不见人的任何踪影？这到底是什么地方？是不是我来错了星球？地球应该是一个五彩缤纷、充满生命芬芳的世界呀！我从右边好似一座坍塌倾圮的城市那样大片大片的巨型碎块中联想到，是不是地球不久前经历过一场战争，或者大地震，或者更残酷的灭绝性的灾难，人全死去了？为了重新创造人类，我才被神指示返回到这地球上来？

在隐隐感到一种神示的同时，一种久别了的原始的蓬勃的生命力量，在我身体的核心部位诞生。就像植物的种子在花心的深处，以看不见的形式出现。我已经感到它的出现，并一下子从血肉深处，潜到皮肤上每一根细细的金色绒样的汗毛下边的毛孔里。微风宛如一只温柔大手，在我光裸的身上滑过，我全身为之一震！被爱抚的感觉美好无比，并攸关地记起一个伟大又温柔的名字：亚当！

我的心看见了亚当。他那伟岸的身躯、栗色的卷发、有力的大手和蓝色深情的眼睛。对，还有他总是粗粗喘着气的很大的鼻孔。

我环顾四周，不用判断，就知道亚当所在的方向。

我生命之中有个罗盘，指针一直指着亚当。女人更听从来自生命的直觉。

我迈开步子，赤足沿着高高隆起的一条山脊走去。

头顶上的九个太阳已经依次一个个消失在西边。仅剩下的三个太阳全挤在那一边地平线的附近，而且颜色也暗下来，变得殷红又明媚。

天边有几个黑点飞驰而来。它们被淡淡发亮的天幕衬托得像是几只极大的鸟。可是飞到头顶上空时再看，原来是几个模样怪诞的无人驾驶的飞行器，体形极其巨大，飘飘忽忽，好似游魂一般无声地飞了过去。

星 期 六

今天的事情我必须记下来。我相信，今天才是一切一切真正的开始。

清晨我进入了山谷。那一瞬我的心情美好至极。奔波多日，我终于回到了我所认识的地球上。数不尽的参天大树列队站在峡谷两边，对我可谓毕恭毕敬，表示欢迎，我不住地向它们点头致意。那满山遍野的绿草处处用纤细的碧手，捧出一丛丛鲜艳亮丽的花朵，惹得我时时地弯下腰来，去亲吻它们毛茸茸芳香的花蕊。尤其是远远挂在绝壁上的瀑布，一落到地上，立即像光着雪白的双腿，欢歌笑语地从深谷跑出来。一刹那，浪花和泡沫滑滋滋没过了我的脚腕。一个相隔一万年的记忆恢复了。记忆返回就像找回失物那样，也是感觉极好。我“哎……哎”地叫起来，呼唤我昔日的那些朋友，蝴蝶、甲虫、夜莺、大鹏鸟、兔子、松鼠、狮子、长颈鹿、斑马，还有那庞然大物——嘴旁挂着一对月牙儿的白象。可是它们没有任何一个跑出来。大概到什么地方游玩去了吧，就像当年我带领他们在森林中间的开阔地上举行水果盛会那样。每次，金丝雀都要叼来一小枝红樱桃挂在我绾在耳边的发结上。

我在溪水里尽情沐浴过后，选择了水边一块草地躺下来，合上眼，享受这一切，也等候我的朋友们。这时候，我不再有疲劳的感觉。几天里种种怪诞的经历也抛置一旁，不去想那些事情的缘故与究竟吧！只有不去思想，才能回到自己的生命感觉里。由于我是躺着，而不是像刚才那样站着，微风便温情地抚遍我的全身。当它由我的双脚向上，掠过我光滑的身体时，我每一处凸起的部位，都感到它美妙的触动。于是渐渐地，我那潜藏在每一根汗毛孔里的生命能量，全像嫩芽破土而出，长出一个肥大而鲜活的叶子来，每片叶子包卷着一朵喷香的花儿。久已消失的又一个词冒了出来。它叫“伊甸园”。伊甸园是什么？我一时记不起它的内容。然而，这个伊甸园分明混合着亚当的气息，如果把亚当的气息分离出来我就无法单独来感觉它。我依稀地觉得它好像还与芬芳和色彩有着什么牵连。这时，我觉得有一个影子遮住我，尽管我是闭着眼。亚当？我猛地睁开眼——却见几个人站在我周围，直怔怔看着我。

他们给我的第一个印象是些矮小而古怪的家伙，身穿完全相同的灰色袍子，大概只到亚当的腋下那么高。脑袋上方是平的，如同一个平台，上边头发稀薄，好像生了一层软毛。眼睛细小，似乎没有牙齿，所以嘴巴像老婆婆那样撮进去。使我吃惊的是那倒三角形的下巴，下端极尖。这下巴使他们不大像“人”了。我怀疑他们是一群劣生的畸形人。不然他们怎么会这样骨瘦如柴，骨节很大，皮肤松懈，肩膀好似梨子一样直溜下来，手指仿佛豆芽那样黄白细嫩，他们是不是发育坏了？

尽管如此，我的第一反应是害羞。下意识地把腿蜷缩起来，挡住下体，并闪电般交叉双手捂住自己的双乳——因为他们正盯着我的身体看，而且看得目瞪口呆。我慌张的举动显然惊动了这些尖脸人，他们一溜烟跑得无影无踪。

我从树上取了一些无花果的枝叶，把自己的胸部和下体遮挡起来。当然我也注意到怎样把那些短裙编得更好看一些。翡翠一般的叶子和我羊脂一般雪白光亮的皮肤搭配起来，真是美丽又高贵。

我选择溪水中间一块大岩石坐下来，以防那些古怪的尖脸人再来接近我。我不知道他们会不会伤害我。我已经感到一种危险和威胁。果然，太阳最亮的时候，这些穿灰袍子的人在半山上的断崖处出现，大约是五个或六个。他们躲在断崖后边伸头探脑。这反而减少一些我的恐惧，至少他们也有点儿怕我。他们为什么怕我，因为我在他们眼里也是个怪物吗？世界的万物总是以自己的标准来排他。他们的标准又是什么？

后来我发现尖脸人并不想伤害我。他们既不依仗人多势众对我发动攻击，也不抛石块袭击我。他们似乎只想接近我，看我，观察我。这样我心里就把握好一个尺度，只要他们挨近我，我就朝他们叫一声，他们立刻像老鼠一样飞快地跑掉。几次过后，这些古怪的东西便不再出现了。

天黑之后，我感到又累又饿，但不敢去岸边树丛中寻找食物。我必须对那些尚不知根底的尖脸人保持应有的警惕。我俯身把嘴伸到溪流里，喝了许多很凉的水，倒下来睡着。在梦里我居然梦见我那个太久太久以前死去的儿子亚伯，他刚出生时常用那柔弱的小手发痒地抓着我的脸颊和脖颈。可是跟着我就发觉到这是一只陌生的又怪异的手在抚弄着我。这一瞬真是恐惧极了。我笃地看见一张月光下蓝色的三角形的脸直对着我，在我大叫之后他扑通一声掉进水里。

此后，再没有尖脸人来骚扰我。但是刚才尖脸人留在我身上的那种抚弄的感觉极不舒服。一种病态、发凉的手，带着探索的、寻求的、欣赏的意味，叫我恶心！天一亮，我必须立刻离开山谷。我再不敢睡觉了，一直睁着眼。

星期日

出发前，我找到一棵果树刚好可以充饥。我对这果子有点儿犹豫。因为我认不出这是什么果子，而且所有果子都一般大、一般圆，全都是鲜艳得出奇的大红色。我饿极了，伸手摘下一个，正要塞向嘴巴，只听头顶上有人说：

“不……不不！”

我抬起头看，树杈上坐着两个尖脸人朝我使劲摇手，不叫我吃。这次我没有惊慌跑开，也没有对他们叫，我看出他们的善意。但我不明白他们为什么不叫我吃，难道这又是一种禁果？

这两个尖脸人，一个略高，脸色发白；另一个略矮，脸色发黄。其他部分完全一样。他们更像两只猴子。

白尖脸人开口说话了：

“这里的一切都是假的。相信我，我知道你能吃的东西在哪里，跟我走。”

我听到这话很惊奇，掰开手里的果子，果然里边是一种人造的物质。没有水分和香味儿，也没有果核，拿在手里很不舒服。我把它扔掉，半信半疑地听任这两个并无恶意的尖脸人做向导，沿着溪水向北走。一路上仔细观察，才知道昨天被自己一时的粗心蒙蔽了，此刻所有的疑点全被我看出来。

溪水为什么比蒸馏水还清澈透亮？水边的石头为什么不生长那种丝绒一般的绿苔？为什么水里没有小鱼与蝌蚪？天上也没有一只飞鸟，树上没有一只鸣蝉，草地上没有一个虫儿跳跃或爬动？森林为什么静得像夜间的城市，好像刚刚被清扫过了一样？为什么没有游丝和浮尘，没有露珠，也没有那种腐叶的气息？我再一次俯身闻一闻野花的味道，竟然全是同一种类型的芳香。

我忽然被人类伟大的创造力震撼了。他们究竟是怎样复制了如此辽阔和逼真的大自然？可是，我又堕入迷惘：整个地球都是大自然，人类为什么偏要再人造一个？

星 期 一

上午以前，我们一直穿行在山谷中。尽管我已经饥肠辘辘，两个尖脸人坚持不叫我从路旁采集任何东西吃，只能喝水，于是我就一直把肚子喝得像水囊那样，走起来咣咣当当发响！

出于一种女人独有的自我保护的本能，我一直与走在前面的两个尖脸人保持一段间距。我望着这两个畸形的怪人的背影，猜不透他们的性别。无论是从他们的体形、发声，还是面孔。他们的声音又尖又细，好像拉长声音的鼠叫，毫无性别的魅力。尤其那灰袍子平平地垂落到胸部的地方毫不凸起——他们肯定不是女的；可是在肚子下边的地方也同样不凸起——他们肯定也不是男的。分辨不出男女，我为什么还对他们保持警惕呢？

我也说不清楚。

大约在中午时分，我们进入一片高耸摩天的块状的物体世界里。感觉立即变得奇特。这些物体全是棱形多边体，横七竖八堆积在一起，尖锐的顶部直插高空。抬头看上去，天空仿佛给这些物体切割得破碎不堪。它们的颜色是黑色或紫色的，可能就是前些天看到的远远的那片不明物体吧。走到这中间才知道，每一个巨块都是一座建筑，整整一大片建筑大概就是一座城市。谁造的如此难看的建筑呢？

然而巨块中间看不见人。只有一片片由无数金点组成的飞毯似的东西，在半空中闪闪烁烁地飘舞。只要碰到巨块就弹开，向着相反的方向飘动，一起一伏，一如随波逐浪的韵律。忽然，凭空出现一些湛绿发亮的曲线，它们柔韧又敏捷，流光一般从中穿来穿去，互相决不碰撞，配合得和谐老练。跟着，许许多多看上去极轻的白色球体，上上下下布满空间。一种优雅又轻盈的向往透进我的心里。只听前边那个高个子的尖脸人说：

“你也会这样欣赏音乐吗？”

我不明白他的问题，因此也不能回答，便带着一团困惑，随着他们走进一所底座浩大的紫色建筑。

我无法完全记录下在这建筑里见到的荒诞景象。其中被高个子白尖脸人称作“第五代人实验室”，最最不可思议。特别是那些培育成活的“第五代人”的样品，简直在梦中都不可能出现。比如许许多多眼睛浑身流转并不停眨动的人，没有五官的人，只长一条胳膊和一根手指用来按键的人，把内脏搬到体外的人，像球一样滚动的人。人类从什么时候开始，不但能复制人，还能设计和生产人了？那么现在距离“创世记”已经有多少世纪了？我的儿子亚伯和该隐死去多少年了？

距离是长度。长度标记时间还是空间？

时间实际是一种空间。比如历史，历史不是时间的概念，是空间的概念。历史只是无数空间的前后排列。但我对我死后的人类历史一无所知。我无法知道那些空间都是什么样子的。

实验室里有一个“第五代人”，和我概念中的人比较接近，引起我的亲切感。他个子比我略矮，魁梧强壮，生着长须，目光愤怒。他在玻璃墙里边心事重重地走来走去。仔细再看，他胸脯生着鱼鳞状的硬片，背后是一对翅膀。他刚刚给我的那种亲切的同类感便消失了。这时，忽见他气势汹汹直视着我，动作僵硬地走到玻璃墙前，举手朝我当、当、当用力敲玻璃，好像要冲出来，吓得我大叫。

我的喊叫，丝毫没有惊动“第五代人”，却把前边两个尖脸人吓得跑得很远。

我非常抱歉。他们并不责怪我，而是把我领到一扇陈旧的木门前。那个白尖脸人告诉我：“这儿是入口，里边道路的尽头是出口。这里边一切东西都是你能吃的。记住，这是人类保留在实验中的最后一块大自然。”

我朝他们摆摆手，表示感谢，还有告别。

说实话，我不喜欢他们——他们的形象、声音、气息，以及全部感觉，还有他们眼里总对我有一种莫名的东西。我不能确认这是不是一种性的内容。我还搞不清他们的性别，怎么能确定是性？也许正为此，我对于这种异常样的似是而非的东西，才分外地反感。女人对于来自异性的性没有绝对标准，全凭对于对方的感觉。对方一律出于灿烂的本能，我们全凭心中直觉的好恶，但我对尖脸人的直觉——应该说，是一种排斥。

我推开门，一头就钻进阳光空气、鸟语花香之中。单凭直觉——又是直觉——就强烈感受到绝不是那个人造山谷的虚构景象了。我觉出阳光爱抚的晒意，听见蜜蜂振动翅翼的嗡响，闻到各种花朵千差万别的沁人心脾的香气……露湿的小草亲昵地拂弄我的小腿，零星的雨滴像钻石一样亮晶晶落在我肩头，清洁纯净的空气吸入我的身体时，我感觉整个气管和肺叶全变成玻璃的了。当我闻到一种真切的牛粪的气味时，高兴地叫了起来。我的叫声，使得所有树木都哗啦垂下各种各样的果子，圆圆的苹果、肥大的香蕉、成串的葡萄、沉甸甸的椰子……一切一切应有尽有。最使我喜悦的是，有些树枝上还生着金黄色松软的面包，好似刚刚烘过那样又热又香。

我采了许多爱吃的东西放在草地上，绿草立刻蹿出更鲜亮簇密的新芽，为我铺上毯子；我正要去水塘边取些饮水，一些鲜嫩的百合花瓣飘落身旁，里边亮汪汪盛满露水。我只是觉得身上不大舒适，忽想到用来遮体的东西还是取自人造山谷的假树叶呢。我动手把缠绕在身上的人造物扯掉，裸露出来的丰盈的胴体便在山水花木的辉映中散发光彩。瞬息间，一股来自大自然深处的风，迎面把我抱住。我还感到这风之手，从我的肩上、腋下、两腿之间滑溜溜地穿过，紧紧拢住我的脖子、后背、腰肢与臀部，一下子就把我全面地拥有了。我真愿意永远这样被大自然所拥有。

我觉得右边的乳头有些发痒，原来一只白蝴蝶正要落在上边。它把我这乳头当作绛红色清新甜美的梅子吗？我躺下来，白蝴蝶紧随地追下来，最后落定，一对粉白的翅膀一张一合。任我怎样动作去吃果子与喝水，它都固执地停在上边一动不动。

我真的与地球世界烟云汇合般融为一体了。大自然分娩的果实和酿造的清泉，不仅给我以美食美味，令我快乐无穷；它的风光四季，还给我良辰美景，使我享用不尽；它叫我感恩不尽的是给我以生命，生命的时间、力量、前途与希望，它又是怎样爱惜我的生命啊。一片树影刚刚把我遮盖，一阵风又争宠夺爱地把树影掀去，让太阳为我充填能量。当这些小鸟儿们叼着花儿，围成一个花环，套向我的头顶时，我难道还不懂得用怎样的爱去善待它们？

神教给我，常用手抚摸着青草，鲜花便遍地开放；常用嘴唇朝着天空吹一支歌儿，天上就会百鸟齐鸣；白云还会停止不前，洒落一阵滋润万物的细雨。神还教我和亚当生男育女，一边受惠于天地，一边报恩于天地。神还有什么警句曾经提醒过我们？那至关重要的话难道被我们忘了？

星 期 三

我强烈地想念亚当。愈是美好的时刻，愈希望他的同在。可是他为什么不出现呢？

他一定会知道我在这儿，却不搭理我。

男人总说女人以自我为中心，还说男人面对世界，女人面对自己。其实他们才真的是以自我为中心！男人的自我是功名，女人的自我是情感。

我委屈极了，流了许多泪水。我用手心接着，手心中间便聚集成一个心形的小池塘，忽然池塘里金光闪闪，原来是前方一棵树的树枝上拴结着一绺金发，正在随风飘动。我过去一把将这金发抓在手里。一股强烈的气味——亚当的！我太熟悉了！这头发的气味融在我的血液里，头发的质感留在我的怀抱里。亚当一向用他身体上的东西给我留下信息。飘飞的头发便是他的呼唤。

我看了看那树枝的指向，立即动身去找他。这是一万年前在大自然的深山密林中我们常常使用的记号。一万年过去了，我依然牢记着关于爱的全部符号，却忘掉了爱之外的所有事情。

爱只能比生命长，不能比生命短。

可是亚当不一定这样想。我不怨怪他。男人和女人天生就不一样。女人为爱情能付出生命，男人最多只能损失生命。因为女人孕育了生命，她感觉过生命是自己的中心，她为生命活着。母爱不就是生命之爱吗?

在我走出这个最后的大自然之前，我找到一些真的无花果的叶子，编织一条短裙和一个背心。我把裸露的身体重新遮盖好，担心碰到尖脸人或别的什么人。在将要走出去时，各种颜色羽毛的小鸟们全扇动着翅膀停滞在空中，组成一个非常美丽的拱形的门，叫我钻过去。既是欢送也是向我道别。我却不能把这种好心情带出去。刚走进这座建筑物我就遇到一个可怕景象。

在奇形怪状建筑巨块中间的平地上，我看见白尖脸人蹲在那里。形态与神态都像在对什么致哀。地上平放着一件奇特的非同寻常的东西。我走上去，看见了一个匪夷所思的情景!

这地上的东西，就像一片极大的枯叶，皱巴巴又灰又黄的样子，看上去好像很薄、很脆，而且很古怪地抽搐着。再看，竟是那个黄尖脸人的尸体！我认识他的面孔。他竟然像烘烤的烟叶子那样愈来愈干、愈薄、愈黄、愈小，身上出现龟裂。他的面孔在抽缩过程中，扭曲变形，不停地抖颤，但是反而更富于表情。我陡然看到他脸上出现一种嘲弄又诡秘的笑。同时隐隐还有一点儿乞求，一点儿阴沉，一点儿龌龊，一点儿自足，一点儿悲哀和无奈。本来这么复杂的意味不可能同时出现在一个表情中，但我全都感到了。而且这是对我在发笑。我还感觉到一种很特别的震动，使我不寒而栗，胳膊上起了一层谷粒般的鸡皮疙瘩，汗毛全竖立起来。

白尖脸人发现了我，忽地朝我大叫："走开！"

我真不知发生了什么，不知做错了什么，也不知该怎么做。

对不起，十分地对不起。

可怜的尖脸人！

星 期 五

我必须把白尖脸人所说的话追记下来，好好思考一下。我相信他说的全是事实，但我却根本无法理解。听他说话时的感觉很奇怪，几次我怀疑我一时神经出了问题，甚至觉得自己是在一种完全疯狂的状态里。

他说他们就是当今的地球人类，绝非畸形人，当今人类全是他们这样子——单是这句话，就难以叫我置信了。

我和他的交谈十分困难，我们好似站在两个地球上，操着不同语言对话。他说，语言不是工具而是文化。当今的人类，对于语言无能为力的那部分内容，依靠先进的"受动式感应程序”。这话我根本听不懂。还有什么不能用语言表述的？我更不懂“文化”是什么，是一种很被动的东西吗？它是人创造的吗？它又反过来制约人吗？不行，我真有点儿要疯了。

多亏这个白尖脸人——对了，他说他叫欧亚——是一位古生物学家，对于我们这种“早已灭绝的史前人类”有些了解，否则会把我当作用什么“高科技”制造出的新人种。

欧亚通过观察和实验，认定我属于“历史”。但他弄不明白我怎么会来到了“现在”。到底是现代科学破坏了时间秩序，还是排列事物（包括空间的排列）的顺序发生紊乱？可是欧亚坚信即使“史前人类”返回，也根本无法在地球上存活。因为“史前人类”属于大自然，当今的地球人类则是反大自然的。大自然在地球上基本绝迹了。当今人类与我这种“史前人类”无法真正沟通。比如那种超语言的“感应程序”，对于我就毫无作用。我似乎感觉到，人类在进展中已经从中断裂。但究竟是什么东西导致这种中断？

欧亚告诉我，地球人类的一切生活方式都依赖“高科技”。比如昨天我在楼群间半空中看到的那些怪诞景象，其实是一种“视觉音乐”。自从人类社会中“R 噪音”的出现，耳朵逐渐退化。这种视觉音乐可以在人的心灵上转化为听觉效应——这是我们‘史前人类”绝对感应不到，也无法理解的。长久以来，人习惯吃流食，这种食品营养充足、好吃，又节省时间，下巴却由于很少咀嚼而逐渐变尖；而思考工作交给了电脑，使得脑袋渐渐变得又平又扁；他们那豆芽似的小手也是使用率很小，退化所致的吧。

我能够听得半明白半糊涂的，也就是上边这几句话。再有便是……

这些尖脸的地球人类——确如我发现到的那样——他们没有性器官，不分男女。欧亚用了一个闻所未闻的词汇，叫“中性”。他对“中性”的解释更是荒诞至极。他说他们这些“中性”的人，能够进行性的自我满足。这种满足的唯一的外部的迹象，便是露出诡秘的一笑。我马上想到黄尖脸人临终前的一笑。但那一笑为什么面对着我？这使我听了光裸的胳膊上又爹起一层鸡皮疙瘩，好像还有一种挺恶心的东西粘在我身上。

至于人类为什么会变化为“中性”，欧亚也无法解释，只说大概是对曾经一次性的放肆的反抗。然而，人类仍然没有逃出反自然的厄运。任何一个创造，都带来一个负面。这是人无法逾越的悲剧。一种名叫“枯萎症”的绝症，如同很古远的时代流行过的瘟疫那样，给人类带来毁灭。“枯萎症”没有药物可以医治，病症发作时，人很快变得干枯，最后变成粉末，微风一吹便会很快飘散，消失得毫无踪迹。

那么现今人类是怎样繁殖的呢？这是女人最关心的

问题。

欧亚的话，我听不懂。

星期日

我思考着欧亚的话。感觉自己现在非常缺乏悟性和灵气，就从短裙上取下一片鲜活的无花果叶子，贴在耳边仔细听。这是一个古老的办法……

渐渐地我好像听到了神用他遥远又庄严的声音给我的训示：

> 当你又见到地球之日，
>
> 正是它将死而未死于恶死之时。

那么我怎么办？

我从谁的手里挽救地球？

我从哪里开始挽救地球？

我问神。但是神缄默了。无花果叶子里再没有一点儿回声。

神从来没有像今天这样一声不出。

我又感觉自己的问题荒唐可笑。我一个女子怎么挽救地球？那么谁能来挽救？我急着要问亚当。

星 期 三

亚当在大海的那一边。我必须渡过大海才能与他相见。我早就感到大海在我们之间阻隔，不然我心里罗盘的指针为什么常常陷入惶惑与迷失？

我站在海边时，真是被惊骇得说不出话来。大海什么时候变成这样鲜黄的颜色？它刺激得我眼睛一阵阵发黑。大浪扑来时，喷发着强烈的酸性气味，还把浮在大海黄色表面的黏糊糊的黑沫子甩了我一身。顷刻我那短裙上的叶子全都蔫儿了，疲软地耷拉下来。

幸亏欧亚自告奋勇送我一程，否则我根本无法渡海。我之所以答应他的帮助，一是由于我难以拒绝他的好意，二是我对当今的地球真是一无所知。欧亚弄来一条电光船。船速快得令我感到只能生死由之。它一入这黄色汹涌的大海，那种恐怖感更是无以形容。海水原来是一种很稠的黄色液体。船头冲击它，发出强烈的搅动油浆的声音。酸味被激扬出来，我只能捏着鼻子用嘴呼吸，不一会儿我的喉咙就像吞噬干辣椒一样冒火。大风还把黏黏的海浪撩起来，像一张张油布拍在我身上，我只好一片片往下揭。这黄色大海的泡沫竟像实心弹丸，胡乱地打得我浑身生疼。还有一种水丝，实际上是一种很坚韧的黄色纤维，挂了我一身，弄得我狼狈至极。上无飞鸟，下无鱼虾，辽阔的死亡，无边的绝望。欧亚说，这里叫作“金海”，这称呼不知什么时候开始使用的。他从古籍中得知这里在“史前”时期曾经一片蔚蓝，名字叫……他忘了。他说他不知道大海是黄色还是蓝色更好。他对海的蔚蓝没有概念。

顶要命的是早晨出发上船时，我在海滩被什么东西扎破左脚跟。此刻给酸性海水一泡，已经肿胀起来，伤口不发红却有点儿发黄，剧烈地灼痛。等到下船时，后脚跟肿成个小球，发亮，像个小橘子。欧亚说，这儿有个保留至今的最古老的民族。在这个民族中，他有个朋友叫阿吞，也是个古生物学者，又稍通医药学，从他那里多半会找到一些古代的药物。我只有使用古代药物才有效。因为，一切当今地球人类的物品，既排斥我，也被我所排斥。这是一种生命和无生命、自然与人为的相斥。这是造物的原则，也是本质，或者说是本质中的本质。

星期四

欧亚带领我，在森林般的紫色与黑色巨块的包围中，找到一片“古老”的房子。它们在我眼睛里却分外亲切。

虽然这“古老”，对于我来说还是很久很久“以后”的事。但它们各式各样，至少不是当今世界那千篇一律紫黑相杂的巨块的堆积。老房子有着透气的窗户，栏杆、通道以及楼梯，显示着人的生存气息。据说这是世上仅存的活古董，里边居住着人类史上最古老的民族。这个民族曾经以追求永生的坚韧精神，创造了伟大和灿烂的文明。但是他们的祖先早已灰飞烟灭，子孙后代却实现了先人的梦。它们在四百年前成功地接受了一种遗传工程改造，从此获得生命的永存不灭。欧亚从人口信息库偶然得知，获得永生的共有三千九百一十二人，但到了去年，存活的却只剩十三人。这十三人活到四百年以上，足以表明人类科学已经无所不能。但另外那三千多人为什么会死掉呢？到底是表明这次生命改造惨重的失败率，还是一个意外事件，比如战争？信息库拒绝回答。

这片被称作“孟菲斯”的城区，简直像个坟场，破败又冷寂。历史遗迹在现代和超现代的建筑群中，就像一堆等待清理的垃圾。黄昏已经降临，依然没有灯光。所有老房子都是一个空盒子，里边都有一个四四方方无法走进的阴影。那最后存活的十三个人躲在哪里？尽管我的脚很疼，迫切想得到药物，欧亚却似乎比我还要着急。

在一所球状的古屋前，欧亚推开门一看，跟着他拉上门，不叫我走进去。我执意推门进去，在一个圆形的大厅中央，迎面坐着一排青黑色石头雕像，都是身材巨大，足有我身高的三倍。他们正襟危坐，腰板挺直，一双手呆板地放在膝头，目光直视前方。我无论怎样变换位置也无法与他们的目光相碰。在古屋内幽暗又神秘的光线里，他们的神情异样肃穆，面部肌肉好像挂在绳上的湿布那样垂落着。每个雕像的下巴上都有一根香蕉状的象征性的胡须，末端如同豹尾那样有力地卷起。我模模糊糊感觉在什么地方见过这种形象，一时的记忆却十分无力。我数数那些雕像，正好十三个。

欧亚指着中间脸颊很长、个子最高的一个，说："他就是阿吞。我们来晚了，我知道他们迟早有一天会这样——他们都死了。"

我问："他们是怎么死的。"

欧亚说："集体自杀。据说只有自杀，才能变成这种雕像。无法挽救了。他们已经变得比石头还坚硬了。"

我问："他们为什么要变成雕像。"

欧亚说："为了永恒。这是他们这个民族一贯的精神。"

我更奇怪了："他们不是已经能够永生了吗？永生不就是永恒？"

欧亚若有所思。他自言自语地说："死亡才是真正的永恒。人类千方百计地追求永生，一旦真正达到永生便会发现，这永生不过是物质的长存，精神却无法一成不变地存在着。他们的精神已经无法坚持下去了，所以他们以自杀告终。"

忽然他提高嗓门说："人类的自杀从来就是精神问题。唉，我们真无知啊，我们的科学一直把永生的目标对准肉体，忘记了最终的问题是精神！"

我忽然若有所悟："那三千多个神秘地死掉的人，是不是也都自杀了？"

这句话对于欧亚好像当头一击。我感觉他的尖脸一下子倒了过来。

"那么这地方一定还有三千尊雕像！"我又说。

此后，我们都没说话，也不会去找那三千尊雕像。因为我们害怕，怕那些雕像无言的暗示。

星期四

我感到了生命中最可怕的东西——绝望。这绝望是阿吞们传染给我的。

疲惫、饥饿、恐怖、混乱、困惑，我都可以承受，唯独绝望我不能抵抗。它充溢着一种生命的尽头感，反过来又对生命予以否定。

在人之初，地球是崭新的。我和亚当都知道，耶和华最先创造的生命不是人，而是大自然。一切一切，都是在圣日——也就是创世记的第七日——以前造齐了。无论是光芒空气、日月星辰、大地苍天，还是山川草木和禽鸟虫鱼，都是新鲜蓬勃、跃动不已的生命！那耀眼的闪电、轰顶般的惊雷、和风、细雨、花的光彩、木叶的香气、快活流畅的水纹……还是浓浓淡淡的影子、明明灭灭的浮尘，以及一闪即逝的流光，全都是大自然生命灵光的呈现。人只是这千千万万生命中的一种而已。所有地球生命都朝夕濡染，相互感应，息息相通。在这之间，我们感觉丰富，悟性灵敏，精神丰盈，体魄健壮。在那个时候，我们的欲望，并没有超过花朵要开放、鸟儿要鸣唱、河水要奔泻。那时候我们和大自然的一切都是平等的。究竟从什么时候起，人类变得如此贪婪、霸道、厉害，凌驾在万物之上，为所欲为，顺我者昌，逆我者亡。究竟什么东西助长了人的欲望与狂妄，改天换地，山河搬家，甚至人类连自己也不如意了，动手改造自己了！

伟大的人啊，真的把自然的生命转变成人为的物质。

人类在毁掉自己之前，先毁掉地球。

可惜这个教训，他们用不到了。

他们在现实世界里沾沾自喜，自以为成功地完成一次次进步和进化，但在人类演变史上却清清楚楚经历着退化的过程。

进化往往是一种退化。

聪明又自作聪明的人啊。

一天里我最喜欢的地球景象，只剩下日出和日落。那就是一排九个太阳早晨出现第一个和傍晚剩下最后一个的时候。只有一个太阳在天空时，才最像“史前”的天空风景。

可是我发觉此刻空气的温度没有任何变化。没有日暖与夜凉，没有四季，没有阴晴雨露，甚至阴阳向背，大自然的生命被抽空了，我身上对大自然的感觉功能也消失了，这不是很荒诞的吗？

生命最美好的感觉，是感觉生命。

没有寒气相逼，便没有暖日的爱怜；没有烈日灼人，也没有大雨淋漓的激情；没有长夜的寂寞，哪来的启明星灿然的清辉？整个地球是无数缺憾的互补。死亡也是对生命的调整，死亡给生让出一个位置来。死亡还是对世界的一个新的创造。

人类的错误不是追求完美。

人类的错误是去实现完美。

完美在被实现中，不仅破灭，而且刚好走向反面，使自己走进绝望。

亚当知道了吗？他怎么说？我很想听他的。他是最有远见的。他的话全是对的。我天天碰到问题时，都更急于见到他。我朝着他的方向走，他好像也在移动，甚至移动得更快一些，就像我有意和尖脸人保持一段距离那样。他难道在躲避我吗？为什么？

星 期 日

几块白粉浆在漆黑的空间里炸开，诱惑出一个赤红的球，像蛋黄那样黏腻地浮游着，腥臊又放荡地袒露它的正面。在这屏幕寂寞的右下角，幽蓝至深之处，飘移着迷幻又诡诈的光。不知谁用木炭条涂了一个瞎疙瘩，此刻好似一团浅黑色的乱线团，慢慢悠悠又小心翼翼地旋转着，像是伺机待发，思谋偷袭什么。它在背景上每每触到了昔日残积的肌理，便不情愿地颠动一下。这种颠动没有节奏，有时颠得翻江倒海、摇头甩尾，仿佛五脏六腑都要呕吐出来。于是，脓样的流体在一个被硬物撞开的破口里痛苦地鼓动着。雄壮的大皮管肯定都过度地充了气，发怒一般膨胀得发亮。一条裂纹刚刚撕开视觉景象，无数裂纹又交叉出现，使眼前的画面变得破碎不堪，有如灾难将临。跟着情况又有转机，补救的势头出现了。各种碎片随心所欲地拼凑出瞬息万变的图形，以赢得那个腥臊的红球的注目。这红球忽然炸开，血样的浆液缓缓喷向周围的一切。只要落在那些物体和非物体上，立即变成黄色汁液，流淌下来，汇成洪流。黄水中翻滚着头发、烂布和霉坏的渣沫。它们从我眼前一条宽大的河床急速流去。这种流淌，更像排泄。它们所经之处，发出强烈的森林大火般的爆响，以及扑面而来的酸味，我好像突然间无法呼吸了。在黄水向北奔去的地方，使我想到几天前经历过的那个满目鲜黄的金海。

远远望去，那边天上有一条长长的鲜绿的云。云影上方有个银色箭头，固执地指向东南方向。

我真不知道看见的是什么。但我已经不再惊慌恐惧。我已经有了十天以上的经验，并知道这全是人类的创造。

今天另外一个非常重要又奇怪的发现是，当九个太阳全部落尽时，我看见头顶上的天空出现几个洞，很黑，很深，很远，隐约好像还有星光闪现，也许这星光是眼睛的一种错觉。但黑洞却给我一种真正的天空的感受，惹来一阵欢欣，可是不等我细看，黑洞消失了。于是天也像假的了。

星 期 六

今天我第一次正面瞧了欧亚一眼。

我一直不敢正视他。尽管我已经知道他是“中性”人，不会伤害我。但是我对他仍然有种奇怪的感觉，他比一个裸体的男人更令我怕。是不是由于我不懂得什么是“中性”？

然而，这些天来，他非但对我没有异常举动，反而真心帮助我。他在孟菲斯搞到一些古代药物，居然很灵验，肿消了，疼痛减轻多了，伤口上的黄颜色也渐渐变浅。我想：不该总那样扭着头不瞧人家，总应该正面看他一眼。再说对这个当今地球人类的真正模样，我也想看个究竟。

这一眼证实了欧亚彻底是离奇的。

他的眼睛像一对水泡儿，黑眼珠似乎潜藏在很深很深的地方。眼睛周围没有眼毛，上边没有眉毛，隆起的眉骨淡淡发亮。他也没有牙齿——那看上去的牙，其实是光秃秃的牙床，所以嘴巴才向里边撮，面孔显得苍老，无法识别年龄。牙床发白，嘴唇发白，浑身皮肤像长期闷在山洞里失去了血色。汗毛已经脱落，皮肤像刚降生的猫皮，又光又黏又薄；指甲也脱落得没有痕迹，手指好比软软的细肉棍。好像一切都在萎缩、凋零、衰弱和失去水分。他毫无生气的脸上到底有没有表情？但这一次叫我出乎意料——在我的目光直对他时，他脸上露出粲然的一笑。

我肯定这一笑很不好看，然而这生命情感的真实表现，一下把我打动了。在这一瞬，我丝毫没有感到，这个生理上异样的小怪人与我有什么不同。我对他说："谢谢你，你的药灵极了，我的脚快好了。"

我也对他笑一笑，以表达真心的谢意。

他再次笑一下，因为我的高兴而高兴。我愿意他总是这样笑。人的笑，不是表情，而是心情。好看与不好看并不重要，关键是这一笑，神奇地把陌生和猜疑转化为友好和信任。

我不必再警惕他，与他保持距离，不知不觉并排走在一起了。在跋山涉水的时候，往往还会互相拉一拉手，帮助对方。虽然在抓着他那细小凉软的小手时有些不适，可是如果没有这小手，我会陷入孤立与孤独。在危险的环境里，一个陌生的生命是最大的威胁，而一个熟悉的生命是最大的依靠。他说要把我一直送到我要去的地方。但他不知道亚当，也从来不问我去找谁。

先前我总是为亚当担心。为什么这样久感觉不到他的存在，难道他出了什么事？后来我开始怨怪他了。他明明知道我千辛万苦追寻他，为什么不掉过头来找我？甚至像是有意躲避我。他从来不是这样的！这些天我多么需要他在身边，就像欧亚这样！忽然我产生极恐怖的猜想：是不是他随同人类的退化，也变成了中性的尖脸人？他对我已经失去了感觉？我感到一阵彻骨的寒冷。这也就更加重我尽快见到他的心情。

从今天我们开始了漫长的东征。

星 期 三

看来我和欧亚之间相互的理解，仍然是首要问题。他许多词汇我从来没听过。甚至在他看来是一些很正常的事，我都觉得荒诞可笑，不能相信。比如他说人类的能力是可以设计的，我就觉得不可思议。人只能去设想自己的能力，怎么能设计自己的能力呢？可是当他说地球人类依靠“高科技”，使自己不知不觉就接收到宇宙间各种信息，并变为自己的知识记忆。换句话说，人类已经不需要学习就无所不知了——我便感到这些弱小的当代地球人类真是威力无穷。那个叫作“高科技”的家伙更叫人敬畏无比。

大概欧亚就是凭借“高科技”这家伙，对我了解很多。他说他知道我是阴性（他是中性人，对女性没有感觉，但对阴性有认识。他说阴性的“阴”字来源于远古时代东方的概念）。他料定我一定在寻找一个阳性（当然是指男性）。他的依据是古代生物学，阴阳是成双的。他还知道“史前生物”中，相互间最大的吸引力就是阴与阳。这也是人类低级阶段的表现。而人类进入高级阶段，必然是阴阳中和，全是中性。中性不单是性。连空气也没有寒暖，河水不凉不热，都是恒定的温度。花草树木和禽鸟虫类不适应，自然消失。剩下的唯有昼夜晨昏的变化依然存在，由于这是宇宙的事，那就要靠宇宙技术来解决了。

可是欧亚说，他一直没弄明白，我来自哪里。一个史前生命的复活或降临，必定会惊动全球，说不定会引起许多当今的宇宙科学和生命科学一场重大革命。只是由于地球正在横遭大难，在枯萎症的扫荡中，大批人死去，地球的信息网络失灵，所以欧亚对我的感应受到障碍。

我对他的这些话，只当胡说，但同时又觉得他在放射出什么无形的东西在我身上搜索。我隐秘的部位不觉地在收缩。其实这只是一种敏感，一种本能。我对他已经没有反感了。

但当今的地球人类究竟怎么繁殖呢？到底是欧亚说不清楚，还是不说清楚？他是否不好意思对我这“阴性”人说？我可能猜错了——中性人对性不会有什么敏感，也不会羞于谈性吧。

对了，我怎么忘记问他，天上这九个太阳到底是怎么回事？它们到底是太阳，还是一种巨型的灯？明天我一定问他。

星期日

从今天起，无论写星期几都可能是错的。我已经乱了。不知是给天上一大排太阳弄乱的，还是给夜里那些漫天荒唐的图像搞得昏头昏脑。我也不知道多少天没记日记了。

有一天，一片泛滥的灼热的洪水阻挡我们前进。水太大，又烫，冒着白烟，非常吓人，无法涉水，只好向北溯源而上。

走了几天几夜，终于在一座被冲垮的城市里，凭借着那些横七竖八凸出水面的建筑物，渡过洪流，继续向东，一路上看到的景象比想象的还糟。看来这里感染枯萎症的情况更严重，人基本上死光。我们走了这些天，没有见到一个人影，所有城市全是空的。

我第一次来到东方，但见到的一切，与西方并没有两样。所有城市都是堆积在一起的紫色与黑色的巨块，所有江河全是腐臭扑鼻的流水，所有山谷全倒满光怪陆离的垃圾。触目皆是被挥霍的昨日大自然的残骸。我从垃圾里拾到一个巨大石刻的鼻子，不明白它曾经的用途。欧亚说，这可能是大卫的，也可能是释迦牟尼的。这两个人我都不认识，但不明白他们的鼻子为什么是石头的，为什么丢弃在这里。

整个地球为什么到处都成了一个样子。记得创世记时，每一片森林都是一片独特的风景，一片异样的清香，一片悠然自得的静谧。每一条溪水或飞瀑都有自己的个性，每一枝花叶都有自己的姿态，每一头牛都有自己行走的神气，每一只夜莺都有自己拿手而迷人的歌。人类到底是怎样把它们变为一个样子？人类究竟为什么把它们变成一个样子？这是进化的失误，还是进化的极致和进化的必然？

而进化又是为了什么？为了永不满足的欲望？是不是人类的欲望永无止境，才把不断满足欲望而不断更新的行为当作一种进化？

我开始思索欧亚常常挂在嘴边的一个词——“高科技”了。我不知道它确切的含义，但我观察到在欧亚说到这个词汇时，他的神情既得意又忧患，既寄托又无奈。在我的感觉中，“高科技”是一个神，它可以把人的能力放大，甚至真的可以设计人的能力，以不断满足自己永不知足的欲望，唯有它才能实现人的梦想；而同时，“高科技”又是一个魔鬼、一条老蛇，一旦它从人的手掌中跳出来，便不再听任人的支配，甚至反过来要人类受制于它。唯有它才能毁灭人类自己。我想到了最根本的一个问题：毁灭人类的其实是人类自己。

可是，人类为了生存和生存得更好就必须不断改变一切，包括自己。事情只有到达终点，才能判断是非，谁能预知和预见？预见能有多大说服力？那么人类又在两难之间。注定是悲剧的人类！

今天，我们终于绕过一个几乎没有边际的大坑，这大坑显然不是自然的，也不是神造的。我已经不关心它的来历了。反正无所不能的人，早就为所欲为了。在翻越一条高耸的山脊时，我强烈地感受到亚当就在我的附近。心中罗盘的指针正对着一片铅色的屏障一般的山崖。就在这山崖背后，亚当把他强劲的生命信号传送过来了。我浑身即刻涨满热力，双腿充满弹性，眼睛明亮发光，头发如同金色的波浪在肩头上飘动。我多么像史前——哎，我怎么也称创世记的时代为史前了——那个时代一只矫健的小梅花鹿，我要飞奔起来！

我掉头呼喊欧亚快走，却见欧亚落在身后远远的地方。我跑过去伸手拉他，忽然感到他的身体变得极轻。眼睛似乎没有黑眼珠了，面色又暗又黄。他怎么了？我问他，他不说。

一整天，我都在深深地为我的朋友担心。

星 期 一

我猜想欧亚的身体问题是出于长途跋涉，太劳累了。初看还好，他只是迈不开双腿，有点儿气喘。没料到的事情却突然发生了。

在陡峭的石峰下，我跳上一块山岩，回过身正打算拉他上来，只见他躺在地上，脸色难看极了，身体发抖，好像怕冷那样剧烈颤动。我跳下岩石，蹲在他身边。我受不了他这痛苦的样子，流下泪来。

他似乎受了感动。内心的痛楚使他的表情很丑很怪。

他的声音变得极细，对我说：

“我无法再陪伴你了。峭崖后面是一座星际光船的发射台，我想你的朋友多半在那里。你自己去吧！”

他怎么会知道我在找我的朋友？但我来不及去想了。我的泪水止不住。我说：“我要救你。”

他的话竟然如此苍凉：

“整个人类就要完结了，救我有什么用？我想过，就是你和你的阳性朋友再繁殖出那种‘史前人类’，也根本无法存活。大自然没有了，地球已经死了。自然的地球已经变成了人造的地球！——它一旦变过来就无法变回去了！”

我忽然突发奇想。我说：“那么你们怎样繁殖，我愿意帮助你们，哪怕需要我来繁殖，我也愿意。”我不知道自己为什么如此慷慨大义，也不管亚当知道了会不会杀死我。我把身上缠绕的长青藤扯下，绽露出完全赤裸的身体。

我看到自己的身体熠熠发光，柔和而丰盈。整个地球都是假的和死的，唯有我才是最真实、最迷人的生命。就在这时，欧亚空泛的眼睛的深处又出现一双黑点。那是灵魂所在的黑眼珠。他好像一下子复原了，但紧接着又委顿下来，说道：

“我们是中性人，根本无法与你结合。谢谢你！你已经使我感应到史前生物那种杰出与美妙。在当今地球上只有我才有这样的幸运。我已经心满……意足了。我还觉得你……你不是一般的史前生命，你……你是……一个伟大的生命，伟大的人！”

这句话似乎把我们人类的一始一终拉近了。尽管他并不确切地知道我是谁，却使我对这个地球人非凡的悟性佩服至极！

欧亚说完这句话，病情转危。呼吸变得急促，眼睛失去光泽，我已经看不出他的目光注视哪里了。一个可怕的现象终于来临——就像他那个黄脸同伴儿死去的时候一样——他的身体竟然不可思议地一点点变薄，就像河水在降落，很快整个人变成一张薄片，就像一片遗落在地的枯叶。脑袋与双脚随之翘起，跟着是全身开始出现龟裂、剥落、粉化。在他扭曲而变形的脸上，我看到一种令人汗毛竖立的笑颜。嘲弄又诡秘，乞求又绝望，惋惜又无奈。黄色尖脸人死前同样的表情又出现了。只听这一团怪诞又混乱的形象里，飘荡出一缕更细微的声音。这声音却有力地扎进我的耳鼓：

“求求你，转过身去，绝对不能再看了！”

我已经被这场面惊呆，灵魂出窍，只剩下躯体立在那里。直到听见欧亚的请求才明白过来，把身体和脸扭过去，却听到身后一片清脆的碎裂声，好像掰断木片的声音。这种死亡的声音真是难以想象！渐渐声音衰减并消失。我忽然激情涌动，我要去吻一下这即将诀别的朋友——最后一个地球人。哪怕他的模样会吓死我！我猛地转身俯下去吻他时，竟然惊奇地发现他不见了，地上只有一层焦黄的神秘的粉末！不等我明白过来，山高风急，很快就把这些粉末吹得踪迹全无。

地球又多了一块空白。这种奇异的感觉盖住我心底的悲哀。

就在这时候，我感到心脏猛然被急促地提起，直蹿出喉咙。一瞬间，心中变得一片空茫。跟着我感觉到——明明就在山崖那边的亚当，好像突然又失去了似的！

我要尽快到达山那边。迈开步子时只觉得脚腕发痒，低头看，咦，原来一些焦黄粉末在微风吹动中，组成一条软软的带子把我的脚腕挽住。我迟疑地怔住半天，不忍走开。等到再迈步，粉末才纷纷散落。

星 期 一

我感到了大事不妙。我相信自己的预感，特别是有关亚当的。他肯定出了什么事。

果然，我爬过那片高山，来到星际光船发射台上，根本没有亚当。只有一大片奇形怪状的建筑物，也不见任何别人，冷清得可怕！到处喷射的蓝色的浓烟，好像暗示着不久前发生过什么事。我抬头一看，一束金色的头发照亮了我的眼睛，它拴结在巨大无比的发射架上，随风款款飘动，十分美丽而柔情。它是亚当留给我的暗号！顺着这拴结着头发的发射架尖顶的指向望去，是幽晦莫测的宇宙深处。我腿一软坐在地上。我明白了！他已经飞往别的星球去了！

他为什么不等候我一道飞去？他明明知道我很快就到达他的身边，偏偏要先一步离我而去！到底由于他遇到什么难以对抗的事情相逼，是接收到神的特别紧迫的旨意，还是感应到我对欧亚的某种情感而心生妒忌，愤然地离去了？不，不管在什么情况下，亚当都会把我放在第一位。他不可能平静地离开他心爱的夏娃。他肯定遇到比自己的生命更重大的事情。比如有谁以我的生死胁迫他时，他才会做出如此非常的决定。他留下金发的暗号不就说明一切了吗？这缕金发分明是一个警报！那么他离开地球的一刹那，该是多么痛苦绝望！他一定把最后一声无边的哀号留在这空旷的山谷里了。

他肯定还会知道， 我将永远被孤零零丢弃在这陌生的地球上……

从生到死。

星 期 四

在刚进入东方时遭遇到的那浩瀚的洪流，十天前到达这里，它们冲过山谷，把庞大的发射台冲垮淹没。滚烫的水还将一些岩石熔化掉。我爬到那歪斜的发射架的顶部，惊惶万状地过了五天，直到大水过后才爬下来。但我不明白，这样爬上爬下有什么意义。

入夜，我躺在大山谷中一片高地上。四外漆黑空寥，只有极远的地方燃烧着大火，使得那边的地平线殷红发亮。由于太远，没有声音。天空上也没有声音，宏大而寂寥。我忽然从当头的夜空中看见几块极黑的空间，愈看愈远，原来那黑洞又出现了。极目望去，我清晰地看到一些星星在最深邃高远的地方闪耀，并且发现其中有一颗很亮的星星，淡淡发绿，那分明是一种令人神往的大自然的色泽，表明生命之所在！我隐隐感觉到，我的亚当就在那里。我还想，亚当一定能在那个崭新的星球上创造新的人类，神肯定会从他身上再取一条肋骨，再造出一个“夏娃”来。

我已经疲惫至极，脚跟的伤口又开始肿胀疼痛，整个小腿微微变黄。我已经没有药物，也不想医治，深刻地感到自己的末日。我没有力气朝着亚当呼叫，否则我一定会叫出来——

不要叫人类再毁掉那个伊甸园吧！

图书在版编目（CIP）数据

抬头老婆低头汉 / 冯骥才著 . -- 石家庄 ：河北教育出版社，2022. 10

（年轮典存丛书 / 邱华栋，杨晓升主编）

ISBN 978-7-5545-7171-2

I. ①抬… II. ①冯… III. ①中篇小说 - 小说集 - 中国 - 当代 ②短篇小说 - 小说集 - 中国 - 当代 IV. ① I247.7

中国版本图书馆 CIP 数据核字（2022）第 157413 号

年轮典存丛书

书　　名　抬头老婆低头汉

TAITOU LAOPO DITOU HAN

作　　者　冯骥才

出 版 人　董素山

总 策 划　金丽红　黎　波

责任编辑　石　姮　王　丽

特约编辑　张　维　韦文菡

出　　版　河北出版传媒集团

河北教育出版社　http://www.hbep.com

（石家庄市联盟路 705 号，050061）

印　　制　天津盛辉印刷有限公司

开　　本　787 mm × 1092 mm　1/32

印　　张　7.25

字　　数　139 千字

版　　次　2022 年 10 月第 1 版

印　　次　2022 年 10 月第 1 次印刷

书　　号　ISBN 978-7-5545-7171-2

定　　价　48.00 元
